KB023679

꽃빛 바느질

글 | 김혜환

주간 | 권대웅
책임편집 | 정광준
기획편집 | 고유진, 박현종
디자인 | 한순복
마케팅 | 양승우, 정복순, 이태훈
업무관리 | 최희은

초판 1쇄 찍음 | 2006년 2월 10일
초판 1쇄 펴냄 | 2006년 2월 17일

펴낸곳 | 도솔출판사
펴낸이 | 최정환

등록번호 | 제1-867호 등록일자 | 1989년 1월 17일
주소 | 121-841 서울시 마포구 서교동 460-8번지
전화 | 335-5755 팩스 | 335-6069
전자우편 | dosol511@empal.com
홈페이지 | www.dosolbooks.com

* 값은 표지에 있습니다.
 ISBN 89-7220-179-0   03810

꽃빛 바느질

김혜환 지음

자연의 색으로 물들이고
바느질로 기도하는 김혜환

10년 전 처음 만난 김혜환은 바느질감을 가지고 있었습니다. 그는 느린 속도로 이야기하며 손을 계속 움직였고 시간이 지나면 그의 손에서는 무언가가 만들어지고 있었습니다. 바느질로 풀어내는 그 이야기들은 지금도 끝나지 않았습니다.

아무리 오랜만이어도 만날 때마다 어색함 없이 이야기는 이어집니다. 자연의 색으로 물들이는 이야기, 여행 이야기, 그림 공부 이야기, 흙을 빚어 굽는 이야기, 사람 만나고 헤어진 이야기를 하는 동안에도 계속 바느질을 하고 있습니다. 마치 손에 눈이 있는 사람처럼 바느질을 하며 10년을 보냈습니다.

김혜환을 만나면 시내의 작은 돌 사이에서 들려오는 물소리가 들립니다. 여린 초록 나뭇잎을 지나는 햇살이 보입니다. 들꽃을 간질이는 여린 바람도, 길 위에 앉아 있는 돌맹이들도 모두 함께 모입니다. 숲길을 사박사박 걷다가 샘물가에 앉아 천천히 물맛을 보고 풀잎들이 건네는 그윽한 향기도 맡습니다.

나무 옆에서 만난 새들이랑 물이랑 의논해서 색을 정하셨지요? 꽃이랑 돌이랑 잎새랑 그리고 나무랑 아주 작은 소리로 천천히 말하며 모양을 얻으셨지요? 그리고 이건 내 것이 아니니 모두 돌려주겠노라고, 모두와 나누어 간직하겠노라고 약속하셨을 겁니다.

지금도 김혜환의 기도는 이어집니다. 팔을 걷고, 발을 걷고, 천을 삶고, 헹구고, 널고, 말리고, 오리고, 붙이고, 바느질을 합니다. 자연에서 만난 친구들과 함께한다면 그 무엇도 욕심내어 바랄 것이 없음을 느끼면서….

신경숙 (그림책 기획자, '초방' 대표)

5

영혼을 깁는 숲 속 바느질

아주 어렸을 때 어머니 반짇고리를 가만히 열어본 적이 있습니다. 상자 안에는 색색의 비단 천들이 곱게 접혀져 있었습니다. 처음 본 순간 꽃이 피어나듯 마음이 환해지며 기뻤던 기억이 납니다. 그 예쁜 헝겊들은 곧 내 보물 상자로 옮겨졌고 나는 하루에도 몇 번이나 뚜껑을 열어보며 행복해하였습니다.

어린 내 마음을 오색영롱하게 물들였던 그 빛깔들은 모두 어디로 사라진 것일까요? 아니랍니다. 지금 내 마음 안에 고스란히 옮겨와 살고 있답니다. 언제든 마음이 추울 때면 마음속 보물 상자를 열어보곤 합니다. 눈부신 빛들이 몸을 감싸 안아 다독여줍니다. 그리고 내 귓가에 이렇게 속삭입니다. "삶에도 계절과 날씨가 있단다. 내일부터는 따스해지지 않겠니?"

더 자랐을 때엔 글 쓰는 사람이 되고 싶었습니다. 그것이 얼마나 어려운 일인지 깨닫고 얼른 꿈을 돌려 그림을 잘 그리는 사람이 되고자 했습니다. 그러나 그림 또한 외사랑의 쓴맛만 맛보게 해주었습니다.

나는 단지 행복해지기 위해 바느질을 하기 시작했습니다.

바느질은 한번도 나의 사랑을 외면하지 않았습니다. 우리는 서로 행복하게 잘 지냈습니다. 만약 외로운 사람이 있다면 내가 알고 있는 행복을 나누어주고 싶습니다.

부족하기만 한 사람으로 태어나 온전히 서기 위해 헤매던 나날들….

무엇을 하며 살아야 하는 거지? 나이가 들수록 두려움이 엄습해와 판화, 데생, 도예, 아동문학, 그림책, 퀼트, 스텐실, 전통 복식,

원예 치료 등의 교실 앞을 어슬렁거렸습니다. 그리고 먼 항해 끝에 자연 염색과 바느질의 세계에 닻을 내렸습니다. 그 둘은 내 손을 잡아 숲으로 이끌었습니다.

책과 바느질 보따리를 들고 숲에 들어가 지낸 지 10년이 넘었습니다. 나의 수리산에는 월세도 내지 않고 쓰는 바느질 방이 한두 곳이 아닙니다.

기분에 따라, 발이 이끄는 대로 자연스레 따라가기만 하면 그날의 바느질 방이 되는 것입니다. 바느질 방은 층층나무 아래에도 있고, 잣 숲 안에도 있고, 작은 연못 옆에도 있습니다.

처음엔 사람이 없는 곳으로 찾아든 것이었는데 숲 속 방에 앉아 바느질을 하다 보니 사람이 보이기 시작했습니다. 서로 다른 색의 천들을 이어붙이면서 서로 다른 사람 사이를 생각하게 된 것입니다.

헝클어진 실은 실마리를 찾아야 잘 풀 수 있고, 그때그때 매듭

을 잘 짓지 않으면 바느질한 것이 다 풀어져 버립니다. 그뿐만이 아니라 실을 덜 당겨서도 더 당겨서도 안 되는 이치가 사람살이와 너무나 닮았습니다.

나는 은둔자처럼 숲 속에 앉아 바느질을 하며 누구에게는 고마워했고 누구에게는 용서를 구했습니다. 바느질을 하는 동안 나도 모르는 사이에 응어리진 마음이 실패에서 실 풀리듯 스르르 풀어진 것일까요. 미소를 지으면서, 때로는 눈물도 흘리면서 마음이 정화되어 가는 것을 느꼈습니다.

한 땀 한 땀 느린 손바느질로, 한 걸음 한 걸음 한가로이 삶의 숲길을 걸어갑니다.

그 길에서 만난 아주 보잘것없어 보이는 나무 한 그루 한 그루가 자신의 완성을 향하여 무엇인가를 끊임없이 취하고 버리는 모습을 보면서 더욱 정교하게 설계된, 움직이는 몸까지 갖춘 사람으

로서 부끄러울 때가 한두 번이 아니었습니다.

보드라운 솜털에 싸인 노루귀꽃도 짧은 동안이지만 내내 야무지게 예쁜 모습으로 살다 갑니다. 우리가 더 작고 낮아지지 않으면 숲은 신비로운 숨과 결을 드러내 보여주지 않습니다.

바늘은 작지만 색색 실을 귀에 걸치고 요술 부리듯 꽃수도 놓고 파랑새도 그리고 헤어진 사연들을 이어주기도 하고 때론 해진 영혼을 말끔히 기워내기도 합니다.

글을 못 써 그림을 그리려 했었고, 그림이 안 되어 숲에 들어가 바느질을 한 것이었는데, 이제 숲에서 나온 나를 보니, 글도 쓰고 그림도 그리고 바느질도 곧잘 하는 사람이 되어 있습니다. 생각할수록 신기한 일이 아닐 수 없습니다.

이 글들은 수리산 숲에 앉아 바느질을 하는 틈틈이 썼습니다.

때죽나무 아래에서 졸졸졸 물소리에 취해 스르르 잠이 들었을 때 나무가 긴 팔을 내밀어 대신 써주었는지도 모릅니다.

　도란도란 들려오는 숲의 이야기를 음악처럼 들으며 바느질을 해온 한 사람이 바늘귀를 통해 들여다본 세상 이야기, 느리고 행복하게 사는 이야기입니다.

2006년 2월 수리산 자락에서

김혜환

✕ 차례

■ 추천의 글 4
■ 시작하는 글 6

첫 번째 이야기 **꽃빛 바느질**

숲에서 색을 얻다 23

작은 숲이 담긴 그림책 27

느려서 행복한 순간들 30

염색 수업 34

한조각 두조각 세조각 40

화냥년속고쟁이가랑이 43

자연이 주신 선물 47

모시 조각보의 아름다움 52

어느 백수의 하루 57

두 번째 이야기 **달빛 바느질**

크레이지 퀼트 67

뛰떼와 또또 72

자연으로 만든 색 76

나의 꽃문 이야기 1 79

나의 꽃문 이야기 2 82

남이섬 꽃빛 바느질 초대전 88

복에 겨운 사람 95

흙으로 된 화폐 99

바느질 내 사랑 103

꿈을 담은 손길 109

세 번째 이야기 **별빛 바느질**

마음의 눈에만 보이는 빛 119

물봉선 편지 122

황금별꽃이 내리는 숲 125

꽃들아 새들아 129

숲에서 숲으로 131

숲이 들려주는 연주 133

가을 예감 137

지나간 시간을 꿰매주는 바느질 141

그리운 사랑이 돌아와 있으리라 144

마음에 자연을 찍으러 갔다 152

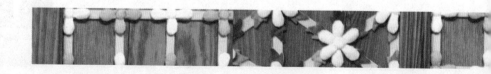

네 번째 이야기 **햇빛 바느질**

나무를 닮은 사람 163

애기슬기봉 주막 169

바람이 또 나를 데려 가리 176

천연 염색 어린이 영어캠프 180

옷에 대한 몽상 183

우리 가족 187

천사를 닮은 언니 191

딸에게 196

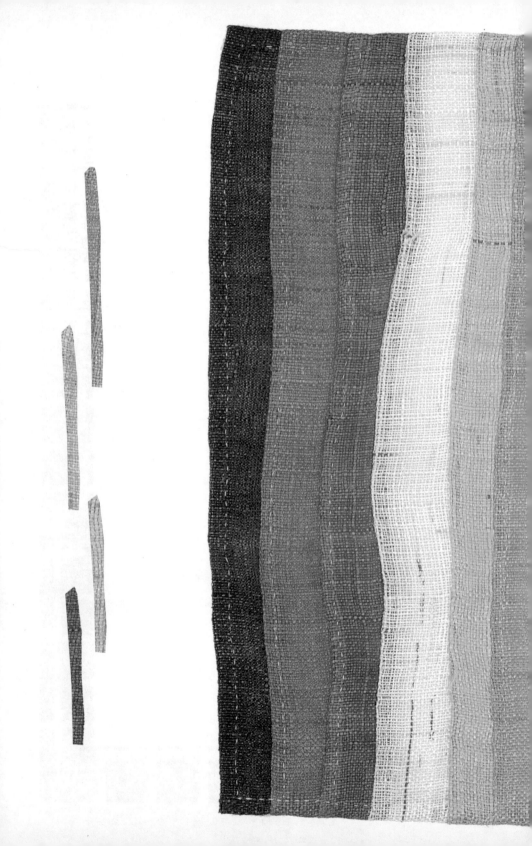

꽃빛 바느질

걷다가 시원한 바람 한 줄기 만나면 그 바람을 꿰매 담고 초록빛, 단풍빛 곱고
소중한 색깔을 만나면 그 색으로 부족했던 내 마음을 꿰매며 세상에서 가장 느
림보의 걸음으로 생의 오솔길을 걷고 또 걸으리라.

한 걸음 한 걸음 걸을 때마다 바구니 안에 들어 있는
갖가지 무늬의 조각 천들과 신경이 예민한 바늘들, 동
그란 모자를 쓴 핀들이 꽂힌 조그마한 조가비 하나와
콩 꼬투리를 닮은 가위, 덩굴손을 한껏 뻗친 실패들이
달그락거린다.

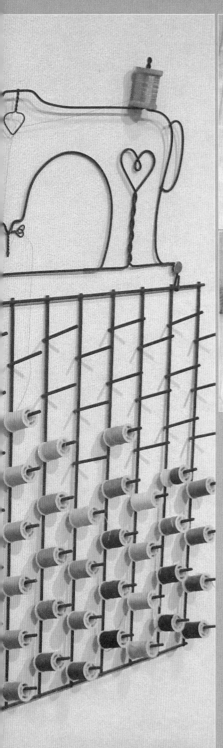

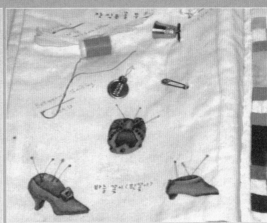

색이 말을 걸고 조각 모양이 함께 놀자고 말을 걸어옵니다. 그럴 때 어른들이 나서서 설명해주지 말고 아이들이 가슴으로 느끼게 해주세요. 자연 속에서 그렇게 이야기를 듣는 것처럼.

숲에서 색을 얻다

숲에서 만나는 빛깔과 향기 그리고 갖가지 아름답고도 신비한 모양들이 늘 나를 숲으로 이끌었습니다. 그곳에서는 수많은 일들이 일어나고 있었습니다. 나무는 세상의 어떤 공장보다도 바쁘게 뿌리와 줄기를 뻗으며 자랐고, 꽃들은 매스게임 맨 앞줄에 선 아이들처럼 발을 동동 구르며 피어날 때를 기다리고 있었습니다. 모든 식물은 질서 속에 말없이 움직이며 우리가 만들어낼 수 있는 것들보다 훨씬 아름답고 정교한 디자인을 탄생시켰습니다.

숲에서 보내는 시간이 늘어나자 숲의 더 깊숙한 곳에 오묘한 빛깔들이 숨어 있다는 걸 느끼게 되었습니다. 밤나무에서는 밤색을, 도토리나무에서는 도토리색을 만날 수 있지만, 신은 장난스럽게

23

도 누리장나무 열매의 고혹적인 보랏빛을 야생 지치의 뿌리에 점점이 박아 놓았습니다. 그리고 그 색소를 뽑아내는 방법을 적은 쪽지는 사람들의 눈에 띄지 않는 또 다른 곳에 숨겨 놓았지요. 어디 있냐구요? 숲에서 지내다 보면 하나하나 알게 됩니다.

숲의 비밀들을 찾아내어 사람들이 자연의 색을 누리도록 하는 게 자연 염색장이들이 할 일입니다. 우리는 색을 만드는 게 아니라 발견하는 것이랍니다. 다다르는 곳이 보이지 않는 길에서 힘들게 얻은 색이 주는 신비감이란…. 귀하고 설레고 놀랍습니다.

그러나 염색을 하고 싶다고 산에 가서 함부로 식물을 자르거나 베어서는 안 됩니다. 황백나무를 만나 반가운 나머지 껍질을 벗겨오는 일은 야만입니다.

산에서 땡감, 오리나무 열매, 쑥, 신나무 잎, 애기똥풀, 단풍잎, 은행잎들을 만나면 물어보세요. 조금 가져가도 되는지. "그대의 빛깔과 향기를 오래 간직하고 싶어서"라고 하면 아마 허락할 거예요. 그렇더라도 꼭 필요한 만큼만 가져오세요. 그곳의 주인은 우리가 아니고 산이 길러내는 모든 것이니까요.

개망초 염색하는 방법을 알고 싶다고요? 그렇다면 먼저 후미진 땅에 무리지어 핀 꽃들에게 다가갑니다. 그리고 꽃들의 대표를 만

도토리나무에서는 도토리색을 만날 수 있지만, 신은 장난스럽게도 누리장나무
열매의 고혹적인 보랏빛을 야생 지치의 뿌리에 점점이 박아 놓았습니다.

나 협상을 합니다. 아이들과 함께 염색놀이를 할 거라고 하면 아마 허락하겠지요.

지상부를 잘라와 오래 곱니다. 걸러서 물들이고 빨고 매염하기를 두 번 이상 되풀이합니다. 매염제는 칼륨명반, 잿물, 동납철, 쇳물을 씁니다. 그러면 연연두, 노랑연두, 올리브그린, 카키색을 얻을 수 있습니다.

시폰(얇게 비치는 가벼운 직물)에 물들여서 머플러를, 숙고사(삶아 익힌 명주실로 짠 고사)에 물들여서 한복을 만듭니다. 거즈에 물들여서 바람 드나드는 창문에 드리우면 여름 내내 구름꽃 흐드러진 숲길을 걷는 기분이 들 거예요.

작은 숲이 담긴 그림책

두꺼운 표지에 120칸짜리 투명 필름이 달린 명함첩을 샀습니다.

납작하게 누른 나뭇잎들을 넣어 바느질 본으로 쓰려고요.

하지만 꽃누르미 상자를 열어보고는 이내 마음이 바뀌었습니다.

나뭇잎뿐만 아니라 꽃잎도 넣기로요. 그리고 작은 풀잎, 작은 단

풍잎도요.

들여다보니 모두 해맑은 얼굴입니다.

앵두꽃, 현호색, 나팔꽃, 알록제비꽃, 도둑놈의갈고리….

뒷모습까지 보이니 240쪽짜리 꼬리에 꼬리를 무는 그림책이 되

었습니다.

꽃잎으로도 책을 만들고 헝겊으로도 책을 만듭니다. 아이들 어렸을 때 입던
옷과 단추, 작은 장식물들이 추억의 책이 됩니다.

명함 대신 숲 친구들의 모습을 갈피갈피 집어넣으니 마치 내가 그토록 되고 싶던 동강의 분홍할미꽃이 되어, 새로 사귄 이웃들이 건넨 초록빛 명함을 받아둔 듯 뿌듯했습니다.

책표지를 꽃무늬 헝겊으로 싸고 제목을 적습니다.

'작은 숲이 담긴 그림책'

그림책을 만들면서 이미 줄 곳을 정했습니다.

이대 후문에 있는 어린이 서점입니다.

그림책으로 가득 차 있는 서점 전체를, 포장하여 선물로 받았으면 좋겠다는 행복한 상상을 한 적이 있을 정도로 아주 예쁘고 귀한 아이들의 책방입니다. 그곳에 몰래 꽂아 놓고 오려고요.

누군가가 뽑아 열어보면 금세 입가로, 눈가로, 코까지 벌름거려질 정도로 얼굴 가득 웃음이 번지기 시작할 거예요.

작은 방에 앉아, 먼 곳에서 일어날 일을 생각하니 자꾸 웃음이 납니다.

느려서 행복한 순간들

1

느릿느릿 산길을 산보한다. 포실한 흙에서 자란 풀들이 발가락을 꼼지락거리며 나를 따라 걸어오는 것 같고 노랗고 하얗고 분홍빛인 꽃잎들은 손가락을 활짝 펴면서 내 옷자락을 걸며 장난을 치는 것 같다.

한 걸음 한 걸음 걸을 때마다 바구니 안에 들어 있는 갖가지 무늬의 조각 천들과 신경이 예민한 바늘들, 동그란 모자를 쓴 핀들이 꽂힌 조그마한 조가비 하나와 콩 꼬투리를 닮은 가위, 덩굴손을 한껏 뻗친 실패들이 달그락거린다. 가끔씩 걸음을 멈추고 서서 이 난쟁이 친구들을 들여다본다. 무엇 하나가 빠진 것 같아 여기저기 뒤적여 보니 주머니 속에 골무가 나랑 숨바꼭질하자는 듯이 들어가 있다.

이들과 함께 느릿느릿 숲으로 난 오솔길을 걷다 보면 더 이상 바랄 것 없이 행복하다. 걷다가 시원한 바람 한 줄기 만나면 그 바람을 꿰매 담고 초록빛, 단풍빛 곱고 소중한 색깔을 만나면 그 색으로 부족했던 내 마음을 꿰매며 세상에서 가장 느림보의 걸음으로 생의 오솔길을 걷고 또 걸으리라. 아침이면 숲을 비추는 햇빛을 향해 예배를 드리고, 돌아오는 길에는 장엄한 노을을 보며 합장을 하리. 세찬 바람이 치맛단을 날리면 가족을 위해 기도를 하고, 가랑비가 바짓가랑이를 적시면 연인의 안부를 물으리.

느릿느릿 산길을 산보하며 나는 그렇게 중얼거린다. 마음속에 한 땀 한 땀 움직이던 바느질들이 어느새 숲 속 풍경화 한 폭을 그려낸 것 같다.

2

일주일에 한 번씩 경복궁에 가서 인간문화재이신 바느질 할머니 앞에서 고개를 숙이고 바느질을 배운다. 할머니의 며느리이신 소녀 같은 선생님이 나무 아래서 한가로이 단풍잎을 줍고 있는 아름다운 궁궐 속 학교!

연화 낭자들이 잇꽃을 흐드러지게 짓찧어 물들인 무명 저고리를 입고 깨금발 딛고 어깨 너머로 바느질을 배우는, 향원정 연못가에 있는 고요한 학교다.

전통 복식, 조선 자수, 궁중 매듭, 자연 염색, 옛 조각보를 배우며 한세월 노닐다 보면 손끝에서 무언가 배어 나오지 않을까. 한가로움과 고요함이 만들어내는 풍경을 떠올리며 나는 손끝으로 산책을 한다. 5백 년 전 단청에 머물렀던 무늬와 색깔들이 내 손끝을 물들이는 것만 같다.

3

딸아이와 옥상 평상에 누웠다. 별 하나가 끈을 풀고 내려와 열 살 난 딸 송이의 고운 얼굴을 비춘다.

"뭐가 될지 생각해봤는데요, 만화가는 어려울 것 같고, 그냥 엄마 같은 사람이 될래요."

"엄마가 어떤데?"

"음, 아이 낳아 키우고, 바늘로 뭔가를 만드는 사람."

"바느질은 그냥 늘 하는 일이지 무엇이 되는 게 아니야."

"늘 하는 일이 직업이 될 수는 없어?"

나는 한참을 망설이다가 대답한다.

"자, 이런 건 어떨까? 이 세상 구석구석 아기가 새로 태어나는 곳이라면 어디든지 그림책으로 찾아가 속삭여주는 그림책 작가들이 엄마는 참 멋져 보이더라. 초록색 엄지소년 티쭈 같이 매혹적인 지구별 방랑자들…. 송이가 그림책 속에 들어가 그림을 살짝 바꾸는 거야."

"그러면 나 그림책 작가 되라고?"

"응."

"좀 더 생각해봐야겠어요."

10년 동안 이 땅 위를 걸어온 어린 성자는, 앞으로 10년을 더 걸어가 보기로 한다. 맙소사, 뭐가 될지 생각하는 데만 20년이 걸린다니! 하기야 나 역시 바느질하는 순간이 가장 행복하다는 걸 그로부터 또 10여 년이 지난 후에 깨달았으니!

염색 수업

자연의 빛깔들을 닮고 싶고 또 그 색들을 나누고 싶어 몇몇 분들과 염색 수업을 합니다. 지난번 염색 시간에는 참석하신 분들이 자녀들의 학교 선생님께 만들어 드린다며 머플러감을 가지고 왔습니다. 희란 씨와 화주 씨가 가져온 잠자리 날개 같은 생명주(생사로 짠 명주)는 그냥 보아도 예뻤습니다. 그런데 그 생명주를 소목(콩과의 작은 상록 교목)으로 염색하고 매염하기를 세 번, 마지막에 소목 염액에 담갔다가 빨아 널었더니 놀라운 일이 벌어졌습니다. 마르면서 뭐라 형언할 수 없는 아름다운 빛으로 변해갔습니다. 여기저기 그 색깔의 이름을 찾아보려 해도 찾을 수가 없었습니다. 세상에 이름도 없는 색이 있다니! 이 세상에 아직 이름이 붙여지지 않은 색깔을 탄생시킨 것입니다. 무어라고 표현할까요. 개똥벌레에서 나오는 형광 검담요색이라고 할까요?

신령스러운 숲에서 만난 황금빛 거제수나무 같기도 하고요. 아무튼 지금까지 본 적 없는 오묘한 빛깔이었습니다. 우리는 작은 창조주가 된 듯 가슴이 벌렁벌렁 뛰었답니다. 심플한 하얀색의 원피스를 입고 이 색의 머플러를 목에 한 바퀴 감아 늘어뜨리면 사막의 성자 같기도 하고, 어린왕자가 조금 성숙해진 모습 같기도 합니다.

모두들 아이들 선생님께 드린다면서 한지로 곱게 싸더니 게 눈 감추듯 가슴속에 품고 사라져버렸습니다. 작은 방에 앉아 그 비법을 적어 넣습니다.

소목, 수세, 동납철 매염 3회 후, 소목, 수세, 건조+생명주=형광 검담요 개똥벌레 색.

다음 시간에는 황토 염색을 합니다. 흙은 인간에게 너무나 많은 것을 주고, 깊은 생각에 빠지게 하는, 원초적이면서 신비한 재료입니다. 피로할 때는 언제나 황토 이불을 둘둘 말고 자는데, 마치 태어나기 이전인 듯 혹은 무덤 속인 듯 편안합니다. 게다가 원적

염색을 하다 보면 이름을 찾을 수 없는 색깔이 나오기도 합니다. 땅의 그
색은 햇빛을 받아 또 다시 하늘의 색으로 변합니다.

외선이 방사되어 여름에는 시원하고 겨울에는 따뜻합니다.

모두 기대하고 있을 텐데, 수업 전전날까지 황토를 구하지 못했습니다. 마침 항상 차에 커다란 지퍼백과 삽을 가지고 다니시는 야생화 사진작가 홍 선생님이 전화를 하셨기에 혹시 지나는 길에 질 좋은 황토가 있으면 좀 떠 달라고 부탁했습니다.

전라도 쪽 황토가 좋으나 용인의 산 흙도 맑은 주홍빛이니 근교에서 쓸 만한 황토를 찾을 수 있을 것 같다고 하셨습니다. 홍 선생님이 경기도 화성을 지나고 있다고 해서 기대해보았는데 저녁 때 다섯 봉지나 갖다주셔서 늦도록 수업 준비를 했습니다.

황토를 채에 걸러 덩어리는 골라내고 흙탕물을 만들어 무명천을 깔고 내리는 '수비(水飛)'를 하는 데 얼마나 힘이 들었는지요. 심수봉의 노래를 틀어놓고 작업을 하는데 혼절하다시피 쓰러졌다가 다시 일어나 흙물을 내렸습니다.

이제 황토 염색 수업을 시작합니다. 큰 통에 흙 앙금과 물, 밀가루 풀, 소금을 넣고 팔팔 끓입니다. 염색할 천들도 함께 넣고요. 무척 뜨겁기 때문에 면장갑 위에 고무장갑을 끼고 계속 뒤집어줍니다. 이마에 땀이 송골송골 맺히면서, 그야말로 무아지경에 빠지는 순간입니다.

옷으로 만들 광목, 명주 목도리, 실, 티셔츠 등을 염색했는데, 어떤 이가 가져온 부부의 러닝셔츠가 압권이었습니다. 여자 것은 앙증맞은 레이스까지 달렸는데 남자 것은 한없이 늘어져 있어 다들 웃음을 터뜨렸습니다.

염색이 끝난 티셔츠를 펼쳐보고 우리는 환호성을 질렀습니다. 금가루, 은가루가 점점이 박혀 반짝거리기까지 했거든요. 황토를 떠다주신 홍 선생님께 "얼른 가서 그 산을 사세요. 사금 광산이에요!" 하고 일러주었습니다.

모두 집으로 돌아가서도 여운이 남았는지 연락을 주셨습니다.

"세상에 숨겨져 있던 색감 하나를 훔쳐서 돌아온 듯, 보고 또 봅니다. 어느 도둑이 이토록 뿌듯할까요?"

"놀랐습니다. 염색한 걸 보고 있으니 생각이 꼬리를 물고 계속 일어나요. 왜 우리에게 흙 한 줌이 이토록 소중한 것일까요. 황토의 매력에 푹 빠져 버렸습니다."

사람들이 우리 고유의 색에 매료되어가고, 삶이 바뀌어간다고 말해주니까 가슴 저 밑바닥에서 기쁨이 차올라 제 바느질 작업도 더 열심히 하게 됩니다. 무엇보다도 염색한 옷을 누군가에게 주고 싶다는 사랑의 마음이 점점 커지는 걸 보면서, 염색 수업에는 단순히 기능을 배우는 것 이상의 무언가가 있다는 생각이 들었습니다. 마치 신의 비의(秘意)를 전하는 잠입자가 된 듯 행복합니다.

한조각 두조각 세조각

노루귀꽃, 화살나무 단풍, 좀작살나무 열매, 동백나무 열매…. 숲에서 만나는 색깔들에 늘 숨이 멎는 듯한 놀라움을 느끼고는 합니다. 조심스레 채취해와 작은 부엌에서 찧거나 끓입니다. 마법사가 된 듯 이 뿌리, 저 풀을 넣어도 봅니다. 탄성이 나올 때도 있습니다. 이렇게 여러 해 동안 물들이는 일을 해왔습니다. 매염하고 빨아서 널기를 반복해서 진한 색을 얻습니다. 팔이 떨어져나갈 듯 먹을 갈아 깊고 그윽한 흑빛을 만들고 황톳물에 헝겊을 삶기도 합니다.

바느질을 좋아하다 보니 예쁜 천들을 갖고 싶었고 물을 들이면서는 우리의 아름다운 자연색에 흠뻑 빠지게 되었습니다. 옛 조각보를 보면서 언젠가 저런 그림을 그린 적이 있다는 생각을 했습니다. 어릴 적 처음 크레용을 가지게 되었을 때지요. 그런데 자라면서 자신감 넘치던 선과 몇 가지로도 부족함 없던 색들이 손가락 사이로 모두 빠져나간 것 같습니다.

그래서 처음부터 다시 시작하려고 합니다. 잃어버린 어릴 적 빛을 찾아가는 여행을 말이죠. 하나, 둘, 셋, 세어가며 색 보물을 찾아보았습니다. 《한조각 두조각 세조각》은 바로 자연에서 빛깔을 얻어 물들이고 바느질한 조각보 그림책이랍니다. 아이가 태어나 처음 보는 책이었으면 좋겠습니다. 그리고 자라면서 화집처럼 열어보는 책이었으면 좋겠습니다.

옛날 어린이들은 별다른 장난감이 없어도 해가 저물도록 지루한 줄 몰랐습니다. 자연을 닮은 초가집, 돌담, 골목길, 작고 나지막한 살림살이들이 있었기 때문이죠. 모두 손에 쏙 들어오거나 눈에 익으니 마음도 다스웠습니다. 어머니는 잠든 아이의 이불을 잘 덮어주고 나서 호롱불 곁에 앉아 바느질을 합니다. 새 옷을 짓거나 남은 오색 천을 모아 조각보를 만들었을 테지요.

이런 이야기를 조곤조곤 들려주고 싶었습니다. 우리 아이들이 숫자를 배울 때가 엄마의 치맛자락을 붙잡고 놀 무렵입니다. 옛날 어머니들은 무명이나 모시, 명주 같은 천연 섬유로 아름답게 물들여 옷을 만들었을 테니, 바로 그런 색감과 촉감을 느낄 수 있는 책을 만들고 싶었습니다.

먹색 모시, 대추색 숙고사, 쪽색 무명, 눈색 자미사, 개나리색 진주사, 복숭아색 항라, 옥색 공단, 황금색 문단, 나리꽃색 생고사, 쑥색 국사, 가지색 갑사, 할미꽃색 모본단, 밤색 명주, 도토리색 노방주, 어린풀색 삼베….

이 책에는 글자가 없습니다. 하지만 어떤 어른은 한참 동안 들여다봅니다. 아마 아이들은 더 오래 볼 겁니다. 아이들은 언제나 이야기를 들을 준비가 되어 있기 때문이지요. 색이 말을 걸고 조각 모양이 함께 놀자고 말을 걸어옵니다. 그럴 때 어른들이 나서서 설명해주지 말고 아이들이 가슴으로 느끼게 해주세요. 자연 속에서 그렇게 이야기를 듣는 것처럼.

화냥년속고쟁이가랑이

경복궁 향원정 앞에 전통공예학교가 있었습니다. 당시 여든 갸
랑 되신 정정완 할머니께 잠시 바느질을 배웠습니다. 그분은 어릴
때부터 할머니, 어머니, 집안 여인들이 바느질하는 것을 어깨너머
로 보고 자라 여덟 살 때 이미 치마저고리를 만들 줄 알았답니다.
지금은 인간문화재 침선장이신데 바느질을 가르치실 때면 수치를
적은 노트도 없이 그저 눈으로 말로 손으로 다 하십니다.

어느 날은 목 언저리를 흘깃 보시고는 우리가 만들던 옷에다 깃
자리를 잡아주십니다. 저고리, 원삼(부녀 예복), 관복 등 옷을 지을
때 가장 중요한 것이 깃입니다. 깃을 잘 앉혀야지 입은 사람의 태
가 의젓하게 살아납니다.

숫자로 사물의 이치를 이해해온 우리로서는 도저히 그분을 따라갈 수가 없어서 제발 공식을 말씀해달라고 하면 사람마다 모두 다르게 생겨서 공식이 없다고 잘라 말씀하십니다. 동물 털이나 나무껍질처럼, 사람은 자연의 일부이기에 몸에 가장 편안한 옷이란 '스스로 그러하게' 만들어져야 한다는 생각에 무릎을 쳤습니다.

옛날 여인들은 치마저고리 아래 일곱 종류의 속옷을 입었답니다. '아니 그렇게나 많이?' 하며 기겁을 하겠지만, 생각하시는 것과 다릅니다. 일곱 속옷이 하나를 입은 것처럼 가뿐하답니다.

우리가 아무 생각 없이 외국에서 들여온 속옷에 비해 우리 옷은 조이는 곳이 없고 가벼우며 통풍이 잘되고 살에 닿는 기분까지 좋은 아주 과학적인 옷입니다. 게다가 자태의 아름다움은 이루 표현할 수 없습니다.

옛 속옷 입은 모습을 남편이 보면 그만 그 자리에서 두 눈이 계수나무 잎 모양이 되어 휘청거리며 쓰러지듯 안기게 되어 있습니다. 아무리 박색이라도, 아무리 뚱뚱해도, 옷이 날개라더니 바로 그게 잠자리 날개옷이었어요. 하늘하늘한 여름 비단에 일곱 개 속옷 모두 하나같이 밑이 트여 있습니다.

앞 트인 조끼에 마술사 바지가 달려 있는 고쟁이, 화장실 갈 때

어떡하지 했는데 앉으면 가랑이가 저절로 벌어지게 되어 있더군요. 베갯잇 만들 때처럼요. 우리 조상은 정말 지혜로웠나 봅니다. 왜 우리 후손들은 그 좋은 걸 다 버리고 무시하고, 배우지 않는지 모르겠습니다.

화냥년속고쟁이가랑이! 산을 걷다가 문득 그 꽃 이름이 떠올랐습니다. 왜 하필이면 화냥년속고쟁이가랑이지? 생각해보니 고쟁이를 만들어본 저로서는 이해가 가는 이름입니다. 혼자서 싱글벙글 웃었습니다. 잎 모양이, 속고쟁이를 입고 누워서 다리를 하늘로 뻗어 올린 모양이어요. 지난 달밤 창호지 문에 비친 사랑하던 자신의 모습이 떠올라서였을까요. 얼굴이 붉어졌겠지요. 그냥 지나치기엔 입이 근질거리고 그러나 제 삼자의 일이라면 어떨까요? 그래서 누군지 모르는 '화냥년'이 되었어요.

산에 가서 나물을 뜯다가 혹은 나무를 하다가 쉴 때 그 꽃을 보고 누군가가 그 이름을 부르면 모두 허리를 젖히고 웃었겠지요. 진짜 이름은 은방울꽃인데요, 오뉴월에만 볼 수 있답니다.

마흔 살이 훌쩍 넘어 처음으로 그 꽃과 만나게 된 날을 영원히 잊지 못할 거예요. 숨이 멎는 줄 알았어요. 그 자태가 너무나 조용했거든요. 넓고 긴 초록빛 잎 아래 대롱대롱 은종이 매달려 있었어요. 너무 예뻤어요. 조심스레 만져보니 조금 단단하더군요. 어쩌면 우리 선조들은 이렇게 예쁘고 우아한 자태를 가진 은방울꽃을 보고 고쟁이를 만들었는지도 모릅니다. 자연의 일부처럼 몸에 편안한 옷을 말입니다.

자연이 주신 선물

우리나라에서 가장 나이가 많은 할아버지 나무가 용문사의 1천 1백 살 된 은행나무여서인지 아니면 은행나무가 공기를 깨끗하게 한다는 과학적인 검증이 이루어져서인지 가로수로 은행나무를 심은 도시가 많다.

2억 5천만 년 전 지구상에 나타나 빙하시대에도 살아남은 은행나무는 현명하고 지혜롭다. 스스로 전분이 든 비상식량 주머니인 유주를 만들어 주렁주렁 매달고 사는 은행나무를 보면 병원도 필요하고 책방도 필요하고 식당도 필요한 우리네 삶이 작게만 느껴진다.

게다가 인간이 가장 숭배해 마지않는 황금 화폐를 잔뜩 매달고 있지 않은가? 더 많이 달기 위해 가지에 긴 줄기잎과 짧은 줄기무 더기잎을 섞어 달고 있는 것을 보면 그 영특함에 소름이 돋을 정도이다.

한낱 1백 년도 못 사는 인간이 그 아래를 우쭐거리며 지날 때 황금의 화폐를 우수수 날려 보이는 저 무심의 경지, '너희는 이런 색 만들 수 있냐'며 팽그르르 발 앞에 떨어뜨린다. 우리는 그 단풍잎 빛깔에 고유한 이름도 붙여주지 못하고 오히려 다른 빛깔을 표현하기 위해 빌리기도 한다. '은행잎 색' 하면 금세 공감하게 되는, 누구에게나 친숙한 빛깔이다.

자연 염색을 하면 돈이 많이 들 것으로 생각하는데 그렇지 않다. 우주의 절기에 맞추어 농사를 지으며 살아온 우리 조상들처럼 자연의 변화에 귀를 쫑긋 세우고 살면 사시사철 꼭 그날 해야 할 일이 있듯이, 염색할 거리가 있는 것이다. 자연에서 얻을 수 있는 염색 재료는 무궁무진하지만 우리나라에서 색을 만들어본 이에 따르면 3백 가지 정도가 있다. 한 재료에서 매염제에 따라, 반복 염색이나 교차 염색에 따라 더 많은 색을 낼 수 있으니 1천여 가지 빛깔 정도는 어렵지 않게 얻을 수 있는 셈이다.

어떤 이가 산에 혼자 사는 노인에게 이런 곳에 혼자 지내다 병이라도 나면 어쩌실 거냐고 걱정을 하니까 산이 못 고치는 병을 사람이 어떻게 고치겠냐고 되물었다고 한다. 우리 선조들은 건강을 위하여 보약을 달여 먹는 것과 같은 이치로 물들인 천으로 옷을 지어 입고 이불을 만들어 덮고 상처를 싸맸다. 나주에 유명한 쪽(여의 한해살이풀) 할아버지의 고객은 주로 할머니들인데 부스럼이 난 손자, 몸이 가려운 노인들을 위해 쪽물 들인 천을 구하러 먼 길을 찾아온다고 한다.

쉽게 구할 수 있는 자연 염색 재료로는 밤송이, 양파 껍질, 도토리 껍질, 은행잎, 단풍잎, 개망초, 쑥, 커피 찌꺼기, 포도 껍질, 감, 황토, 카레 등이 있다. 집에서 염색할 때는 요리에 쓰는 그릇과 분리하면 좋겠다. 색을 더욱 단단하게 붙잡아주는 매염제도 만들어 쓴다. 녹이 슨 못을 주워 긴 병에 넣고 식초를 부어두거나 10원짜리 동전을 병에 담고 물과 식초를 부어 베란다 구석에 두면 철매염, 동매염제로 쓸 수 있다.

무엇보다도 황토 염색을 권한다. 차에 작은 삽과 큰 지퍼백을 가지고 다니다 산을 깎은 데서 좋은 황토를 발견하면 떠온다. 고무통에 채에 곱게 내린 황톳물을 만들어서 천을 집어넣고 발로 밟는다. 그리고 짜서 햇볕에 널기를 반복한다. 마지막에 펄펄 끓는

49

소금물에 삶은 후 잘 헹궈 넌다. 이불 홑청을 염색하여 요 위에 깔고 또 이불에 시쳐 덮으면 황토방이 부럽지 않다. 티셔츠를 염색하여 잘 때 입으면 시원하다. 일할 때 땀 냄새도 나지 않는다.

염색한 천을 방에 많이 두기만 해도 냄새와 곰팡이, 습기가 사라진다고 하니 비싼 돈을 들이지 않아도 건강하게 잘 사는 길이 얼마든지 있다. 진짜 아름다운 건 아주 작은 것 중에 있고 진짜 소중한 건 가장 흔한 것 중에 있다. 공기처럼, 흙처럼, 저 은행나무처럼.

한적한 길가에 차를 세우고 쌀부대를 열어 은행잎을 담는다. 지나던 사람들이 호기심에 차서 물어본다. 약으로 써요? 예, 염색해서 입으면 하늘나라 선녀가 되죠. 그래요? 어떤 색이 나와요? 은행잎과 똑같지는 않지만 명주에 물들이면 오묘하죠.

그 오묘한 빛으로 된 누비 두루마기를 잠깐 들고 선 적이 있었다. 경복궁에서 침선을 배울 때였다. 선생님께서 덥다며 슬며시 벗었는데 안에도 몸에 잘 맞는 한복차림이어서 기품이 있었다. 누비장인인 김혜자 님과 침선장인인 정정완 님이 만든 옷, 그 가붓한 아름다움에 나는 나무꾼의 곁을 떠나기로 결심한 선녀가 된 기분으로 자못 슬프기까지 하였다. 궁궐 정원에서 꾼 혼몽한 꿈이 은행잎 떨어지는 계절마다 떠오르곤 한다.

그 옷은 값으로 따지면 1천만 원을 호가하니 저 우수수 떨어지는 은행잎이 다 돈이 아니겠는가? 늑장을 부리다 비가 내리면 좋은 빛을 거둘 수 없으니 부지런을 떨어야 한다. 다시 그 빛을 만나려면 일년을 기다려야 하니까. 자연이 우리에게 귀한 선물을 주셨으니 기쁘게 받아서 아름답게 잘 쓰는 건 우리의 몫이다.

모시 조각보의 아름다움

　　다른 민속공예품을 보면서도 그렇지만 바느질로 된 공예품들을 볼 때마다 의아한 생각이 든다. 동물의 뼈로 바늘을 만들어 썼던 구석기시대부터 19세기 서양문물이 들어오기 전까지 수천 년을, 그것도 거의 모든 아녀자들이 해오던 바느질을 어떻게 하루아침에 그만둘 수가 있을까 싶어서다. 그래도 우리 어머니 세대까지는 손바느질과 재봉틀을 능수능란하게 다루어오지 않았던가.

　　밤에 어머니가 헤진 양말에 전구를 끼우고 색색의 동그란 알 모양이 드러나게 기우실 때면, 멀리서 들려오는 개, 고양이, 쥐, 부엉이, 소쩍새의 울음소리와 함께 손재봉틀 소리가 '들들들' 들려오곤 했다. 할머니들은 전쟁으로 피난을 갈 때 가보 1호인 손재봉틀을 이고 지고 갔다고 말씀하셨다. 그리고 얌전하고 솜씨 좋은 우리네 어머니들은 남의 옷을 지어주고 자식들을 가르쳤다.

얼마 전에 이웃이 쓰레기 모아두는 곳에 요상한 탁자가 하나 있다고 일러주어 가보니 윗부분이 들어간 탁자가 있어 이것이 무엇에 쓰는 물건인가 하고 이리저리 뜯어보다 들고 왔다. 또 손잡이가 달린 긴 반원형의 물건도 있어 같이 주워왔는데 나중에 민속품 가게에서 손틀을 사온 후에야 그 서랍 달린 탁자의 정체를 알게 되었다. 재봉틀의 쇠머리부분을 끼워 넣는 재봉틀 탁자와 그 뚜껑이었던 것이다.

내가 산 손틀과 마찬가지로 어느 할머니가 소중히 머리맡에 두었다가 아마 더는 함께 살지 못할 사정이 생겨 내놓은 것이리라. 이제 내게 입양되어 왔으니 반지르르한 손때 묻혀 사랑해주며 잘 쓰다가 또 누군가에게 물려주어야지.

세월을 더 거슬러 올라가면 반짇고리에 담긴 실패, 색실, 인두, 바늘겨레, 자, 골무, 잿불 넣는 다리미 등 손으로 깎거나 두들겨 만든 어설픈 용구로 갖은 복색, 침구, 보자기, 장신구를 짓고 수를 놓았다. 과연 인간세상의 일이 아니었다.

골무는 실오라기와 쓰다 남은 천 조각과 그리고 짝이 맞지 않는 단추들처럼 일상의 생활을 가리키는 작은 화살표이다. 그렇다. 반달 같은 골무를 보면 무수한 밤들이 다가선다. 잠든 아이의 숨소리를 들으며 민첩하게 손을 놀리던 우리 어머니 그리고 우리 누님들의 손가락 끝 바늘들, 그것은 골무가 만들어낸 마법의 햇살이다. 모든 것을 헤지게 하고 넝마처럼 못쓰게 만들어버리는 시간과 싸우기 위해서, 그리움의 시간, 슬픔의 시간, 그리고 기다림의 온갖 시간을 이기기 위해서 손가락에 쓴 여인의 투구 위에서는 작은 꽃들이 피어나기도 하고 색실의 무늬들이 아롱지기도 한다.

— 《한국인의 손, 한국인의 마음》 (이어령) 중에서

재료가 풍부해서도 아니요, 공부를 많이 해서도 아닐 텐데 어찌 그리 뛰어난 미감을 베풀 수 있었는지. 아무리 고생스럽더라도 침선 잘하는 옛 여인으로 살아보았으면 했다.

조각보 중에서도 으뜸으로 아름다운 모시 조각보를 떠올려 본다. 조선의 막사발을 이웃나라에서 신물(神物)로 여겨 숭배를 아끼지 않았듯이, 쉽게 만들어 아무렇게나 사용한 우리의 모시 조각보를 본 서양인들은 그 아름다움의 충격에서 헤어나지 못했다. 나중에야 등장한 몬드리안이니 칸딘스키니 끌레의 추상회화 작품에 빗댈 수 있을 뿐이었다. 그토록 아름다운 조형성을 지닌 디자인을 어떻게 생각해내었을까?

어느 날 산에서 작은 마을의 천수답들을 내려다볼 때 비로소 알게 되었다. 그것은 논이랑과 밭이랑이 그린 그림이었다. 늘 보아 마음에 새겨진 내 마음의 그림이었던 것이다.

바느질은 직선으로 호고, 박고, 감칠 수밖에 없는데 완성된 보자기를 펼치면 출렁, 하며 곧 곡선으로 돌아간다. 야나기 무네요시는 "직선은 조선의 선이 아니다. 그들은 그 쓸쓸한 마음과 무엇엔가 끌리는 괴로운 정을, 아름답고도 잘 어울리게 길고 우아한 선에다 함유시켰다"고 했다. 금줄의 늘어진 선, 버선 수눅의 선, 초가지붕의 선과 같이 감탄할 만한 미감을 선사한다. 콩나물 머리를 읽을 줄은 몰라도 구수하게 노래 부를 줄 아는 원초적인 기쁨으로 돌아가는 것이다.

요즈음에는 눈 밝은 이들이 한여름 인테리어로 볕 가리고 바람 숭숭 드나들게 창이나 문에 운치 있게 걸곤 하지만 옛날에는 제기들을 싸두었으니 포장 도구로 썼고 옷감이나 이불을 싸두었으니 가구 대용으로도 썼으며, 여행을 떠날 때는 물건을 담아 어깨에 질끈 메었으니 가방으로 쓰기도 하였다.

　작은 자투리 천들이 모여 커다란 보자기가 되면 만나는 물건에 따라 모양이 바뀐다. 밥상보, 책보, 횃댓보, 버선본보, 간찰보, 함보, 보쌈보로 파란만장한 일생을 살면서 더 기울 수 없을 때까지 만든 이와 함께하다가 행주, 걸레의 행로를 거쳐 묵묵히 흙으로 돌아간다. 아름답지 않은가.

　꼭두서니빛, 쪽빛, 황련빛을 조각조각 섞어 넣어 커다란 모시 조각보 한 장 만들어서 가질 테다. 내 가장 친한 친구로, 다음 바느질 책의 주인공으로, 루이비통 안 부러운 여행가방으로, 함께 웃고 함께 울다가 함께 자연으로 돌아가리라.

어느 백수의 하루

서둘러 작업방에 들러 산에 들 차비를 한다. 산에서 할 바느질 거리를 준비하는 것이다. 요즘 하고 있는 나뭇잎 아플리케는 너무 재밌어서 계획한 열여덟 장을 넘어 더 하고 있을 정도다. 한산 세모시에 염색한 감에 진짜 나뭇잎을 대고 그려 공그르기(땀이 겉으로 나오지 않게 속으로 떠서 꿰매는 기법)한다. 사찰의 꽃살문이 그렇듯이 나뭇잎 아플리케도 꽃과 나뭇잎의 펼친그림이다.

옛날 불심(佛心)이 가득했던 목수가 무른 나무를 골라 몇 년 동안 바닷물에 담가 뒤틀림을 방지하고, 다시 잘 말리고 켜서 조각하고 채색했던 것처럼 나도 목수를 흉내 내어 수도 없이 빨고 널어 색감을 얻고 조각하듯 바느질을 하고 있다. 불심은 아니었지만 고색창연한 옛 절에서 내가 본 무념무상의 아름다움을 그려보고 싶었다.

절 답사는 유홍준 선생과 신영훈 선생을 따라 여러 해 동안 많이 다녔지만 혼자서도 즐기는 편이다. 사실 내 바느질은 침선과 퀼트를 퓨전으로 작업하는 것이어서 옛 바느질 선생이 아시면 실망할까봐 숨어서 하고 있다. 처음에는 불가능하다고 여겼는데 어느 날 그림이 가능하겠다는 확신이 들었다. 인생이란 그런 것이다. 보이는 데까지 가보아야 다음 길의 사정을 알게 되는 것이다.

김밥과 산에서 만나는 할머니께 드릴 라일락 담배도 사고, 재를 담을 양동이도 챙긴 후 고무신에 대지팡이를 짚고 길을 나선다. 하루 중 산에 가는 시간이 가장 설레고 기다려진다. 아침부터 종종걸음을 치며 마련한 귀한 순간이다.

작업방에 있으면 이러저러하게 알게 된 사람들이 전화를 한다. "아이들에게 염색 체험을 하게 해주려는데 아이디어 좀 주세요." "혹시 강의해주실 수 없나요? 강사료는 따로 없는데요." "청소년 체험 학습장을 열었는데 염색이라곤 황토밖에 해본 게 없어요. 자료 좀 보내주실래요?"

내가 도울 수 있는 시점은 그들이 열심히 준비하다가 막힐 때이다. 처음부터 해달라는 것은 나랑 직업을 바꾸자는 얘기인데, 그건 안 될 말이다.

산 아래 사람들에게는 얼핏 백수로 보일 테지만, 산에 들어서는 순간 나는 할 일이 무척 많다. 생김새가 모두 다른 잎을 채취하거나 관찰해야 하고 덩굴식물들이 어디로 어떻게 그 가녀린 손길을 뻗는지 유심히 보고 적거나 그려놓아야 한다. 요즘 한창인 산딸기를 루페로 들여다보며 신의 보석공예 솜씨에 감탄하고 몇 개 따먹으면서 산속 나의 공간에 다다르면 어느새 숨이 찬다.

층층나무 아래 등나무 침대가 내 집무실이다. 바느질을 하다가 까치나 아기 다람쥐와 눈을 맞추기도 하고, 누워서 쪽잎으로 염색한 모시 한 필을 펼친 듯한 하늘을 보다가 어린 시절로 돌아가기도 한다. 바람에 몸을 맡긴 나뭇잎들이 출렁일 때는 나 자신이 나무가 되어보기도 한다.

산 식구들은 전기, 안경, 책 없이도 산다. 깨어 있는 동안 부지런하고, 먹을 만큼만 먹는다. 나누고 공유하는 평등한 관계, 수평의 삶이다. 오르려다 떨어져 상처투성이가 되어도 비싼 장비가 없는 탓이라 여기고 재무장하는 데 인생을 낭비하는, 저 수직의 삶을 꿈꾸는 사람들이 본다면, 난 여전히 한심한 백수다.

달빛 바느질

전통 복식과 조각보 바느질을 배웠지만 남들이 모두 하는 건 하기 싫었습니다. 내가 하지 않으면 이 세상에 존재하지 않는 그런 걸 하고 싶었습니다. 염색한 천으로 그림을 그리고 싶었습니다. 바느질로 시를 쓰고 싶었습니다.

바느질을 통해 인생철학을 깨닫는다. 편안하고 차분한 마음으로 바느질을 해야
하듯 우리 삶도 매듭을 잘 맺고 잘 풀어야 행복한 인생이 된다는 지혜를 알게 된
것이다.

'꽃빛 바느질'은 제 바느질 작업에 붙인 이름입니다. 꽃의 빛깔처럼 자연에서 색을 얻어 바느질한다는 뜻이자, 문명의 속도에 반하여 옛것의 미를 찾아 느리고도 천천히 살자는 제 생활의 작은 철학이기도 합니다.

작은 산방에 앉아 하루 종일 바느질을 하다 보면 스스로 참 복에 겨운 사람이라
는 생각이 듭니다. 작은 바늘구멍으로 세상을 보는 것이 너무 재미있고 또 바느
질로 마음껏 세상을 꿰맬 수 있으니까요.

크레이지 퀼트

'고생 보따리'라고 쓴 빨간 책가방에서 와르르 쏟아지는 왕자파스를 추슬러 그림일기를 그리며 놀던 때가 열아홉이었던가. 느릿느릿 시골길을 걷다 어느 순간 튀밥처럼 서울에 떨어져 어리둥절했었다. 콩나물 버스를 타면 머리가 어지러워서 참 많이 걸어 다녔다. 발바닥에 편자라도 달린 듯, 학교에서 집까지 그리고 학림, 세실극장, 명동 레테 찻집, 필하모니, 정독 도서관, 헌책방들…. 하루하루 새로운 재미를 빛처럼 발견해가던 시절이었다.

더 자라기 싫다고 떼를 쓰듯 딱따구리문고에 파묻혔고, 화집들을 훔치고 싶어 했고, 어디서든 웅크리고 앉아 마음의 빛깔을 칠하고 또 칠했다. 그때 그린 그림으로 미술학원에 취직을 했고, 지금은 독일에서 아름다운 그릇을 빚는 갑순이와 내 작은방에 엎드려, 한돌이 쓰고 문승현이 연출한 노동극 〈가지꽃〉의 배경 그림을 수십 장씩 그렸다. 또한 출간일이 얼마 남지 않은 그림책의 미술 작업에 투입되기도 했고, 일러스트레이터로 일하기도 했다.

미술 교육을 받은 사람들은 러프 스케치부터 건물을 짓듯 순서대로 그려나가는 모양인데 나는 머릿속에 떠오른 영상들을 그대로 옮겼다. 판화지에 오일 파스텔로 마음에 들 때까지 칠하고 문지르고 긁고 하여 하룻밤에도 여러 장을 그렸고, 대부분 OK 사인을 받았다.

나는 작가가 되고 싶었다. 크레용으로 그림을 그리고 글을 쓰는 작가. 어느 날 크레용조차 내려놓은 내 손에는 헝겊과 바늘이 쥐어져 있었다. 그리고 13년의 세월이 바늘땀으로 남아 있다.

일본에서는 새해에 백화점 각 점포마다 복주머니를 준비해놓는다. 베네통 1만 엔짜리 복주머니 안에는 가방이 일곱 개 들어 있었는데, 그중 가장 작은 상자 모양의 청보랏빛 가방이 내 반짇고리가 되었다. 그 안에는 작은 가위, 실, 조개에 얹힌 핀 꽂이, 쇠골무, 바늘쌈, 옷핀, 실타래, 손톱깎이, 귀이개 등 작은 것들이 오밀조밀들어 있다. 지금까지 그들과 헤어져 지낸 적이 거의 없다. 언제,

나는 작가가 되고 싶었다. 크레용으로 그림을 그리고 글을 쓰는 작가. 어느 날 크레용조차 내려놓은 내 손에는 헝겊과 바늘이 쥐어져 있었다.

어디를 가든, 어디에 있든, 가방 속의 작은 가방은 꼭 있다.

산속이든, 바닷가든, 친구네 부엌이든, 여행지 여관방이든 꺼내
놓기만 하면 바로 침실(針室)이 되어 바느질은 이어졌다. 도끼자
루 썩는 줄 모른 채 침선(針禪)의 나날을 보내는 동안 남편이 세
번쯤 무섭게 노려보았는데, 이부자리에서 바늘을 발견했을 때였
다. 그는 쾌속 상상력을 가동하여 이미 패혈증에 걸려 고통스럽게
죽어가는 표정이었다. 하긴 나도 바늘에 찔려 '이제야 비로소 바
느질장이답게 죽는군' 한 적도 있었으니까. 입이 열 개라도 할 말
이 없다.

전깃불을 끄면 이불 속에서 랜턴을 켜놓고 하고, 아플 땐 누워
서도 했으니 헝겊 가방과 함께 집에서 쫓겨나도 할 말이 없다. 달
밝은 밤에 옥상에서 아이의 이불을 만들다 말고 그냥 내려와 잔
적이 있는데 아침에 일어나 보니 달님이 모두 누벼 놓았다. 믿거
나 말거나지만, 저 이불들을 혼자 다 만들었을 리가 없다.

크레용 놀이도 비슷하지만 바느질은 좁은 장소에서도 가능하
다. 완성한 작품을 접어놓을 수도 있고 이불로 덮고 사용하다가
화랑에 전시할 수도 있다. 오래될수록, 낡을수록 박물관에 걸릴
확률은 높아진다. 하루에 손바닥만 한 이불조각을 만든다. 일종의

날마다 쓰는 나의 바느질 일기니까 마음의 무늬에 따라 달라진다.

그날 고른 바탕천 위에 솜조각을 얹고 자유분방하게 덧붙이기 시작한다. 어두운 숲 속 천남성 불빛이 환했던 날은 주홍빛 헝겊을 골랐고 반짝이는 붉은 구슬을 듬뿍 붙였다. 레이스, 벨벳, 실크리본, 양모, 색실, 나뭇가지, 필름, 돌멩이, 단추, 염색 펜으로 쓴 글귀, 천에 현상한 옛 사진, 마음 가는대로 이 모든 것들을 꿰맬 수 있다.

그림은 날마다 바뀐다. 해가 뜨고, 바람이 불고, 그림자가 지고, 구름이 지나가고, 팽그르르 잎 날릴 때마다 달라지는 숲의 색깔들을 보면 어느새 마음도 따라 움직이니, 젊음과 열정, 사랑을 다하여 한 땀 한 땀 옮겨 적는다.

이른바 '크레이지 퀼트'다. 삶에 바치는 '미친 사랑의 노래'라 불리는 바느질이다. 일년에 1백 장을 모아 이어 붙이면 꽤 커다란 이불이 만들어진다. 365일 덮고 자는 이불 속에 365일 나의 마음과 삶과 자연이 모두 들어 있다.

뛰떼와 또또

막내 딸아이가 세 살이었을 때 국립현대미술관 아카데미에 판화를 배우러 갔다. 큰아이가 여덟 살이었으니 집에만 있기에는 좀이 쑤실 만한 시간이었다.

목요일마다 현모양처를 박차고 나와 버스, 지하철, 버스, 그리고 코끼리열차를 타고 미술관에 가서는 카페에 앉아 느긋하게 커피 한 잔 마시지도 않고 종일 서서 동판에 철필로 그림을 그렸다. 잉크를 먹이고 샤로 닦아내고 프레스를 돌리고 사인을 했다.

아이의 울음소리가 귓가에 맴돌았지만 그보다 더 절박하게 내가 무엇을 할 수 있는지 알고 싶었다. 다시 코끼리열차, 버스, 지하철, 버스를 타고 집으로 왔다.

딸아이가 네 살이 되었을 때 아이의 손을 잡고 백화점 문화센터에 갔다. '자녀에게 그림책 만들어주기' 과정이 있었다. 눈이 번쩍 뜨였다. 나를 위한 맞춤이었다.

들여다보니 엄마랑 아이가 머리를 맞대고 뭘 만들고 있었다. 그림동화작가 강우현 선생이 아이를 기르는 엄마가 아이들에게 꼭 필요한 그림책을 만들 수 있다며 연 강좌였다.

하지만 수강생들이 만드는 그림책은 거의 완성을 향해 가고 있었기에 강 선생님은 새 회원을 받지 않는다고 했다. 잠시 후 내 눈빛이 간절했는지 뭐 보여줄 게 있냐고 하셨다. 나는 한달음에 집으로 달려가 크레파스 화첩을 가져다 보여드렸다. 국문학과에 들어갔으나 글을 잘 쓰지 못했던 내가 일기 대신 그린 그림 모음집이었다.

선생님은 흔쾌히 어서 시작하자고 하셨다. 이렇게 그리는 사람은 당신밖에 없으니 그림을 따로 배우지 말라고도 하셨다. 참 독특한 분이었다.

지금 보면 어설프기 짝이 없지만, '책을 한 권 만들고 나니 백발이 되어 있더라' 는 말을 실감하며 참 열심히도 그리고 썼다.

"그림을 그리는 솜씨가 없다면 집 안에서 못 쓰는 물건을 모아서 이야기를 꾸며가도 좋을 것입니다."

"이 콩나물이 사람이라면 그 옆의 까만 콩나물은 아프리카에서 온 친구라고 얘기하거나 또는, 검은 먹구름에 쫓겨 가는 양떼구름을 사진으로 찍어 '왜 저 양떼가 쫓겨 가는지' 이야기해줄 수도 있을 것입니다."

밤에 잠을 안 자려는 아이, 동생을 좋아하지 않는 아이, 밥을 잘 안 먹으려는 아이들의 엄마 열세 명은 '엄마가 쓰고 그린 창작 그림책'을 완성하였고 또 출판까지 하게 되었다.

1990년 10월, 한국의 언론들은 화투를 치거나 장바구니를 버려 두고 춤을 추거나 쇼핑에 빠진 주부 대신 이 장한 어머니들에 주목하였다. 12월에는 한국 최초의 어린이 책방 '초방'이 문을 열어 밖에서 우아하게 아이와 데이트를 할 수 있게 되었다.

이 책의 '작가의 말'에서 나는 '어린이의 천진한 웃음에 보내는 답신 같은 그림책'이라고 썼다.

뛰떼와 또또는 아홉 살 난 지영이와 네 살 난 송이의 아명입니다.

마테를링크의 《파랑새》에 보면 아직 태어나지 않은 아기들이 푸른 옷을 입고 줄을 서서 태어날 시간을 기다리는 장면이 나옵니다.

'어쩌면 지영이와 송이는 그곳에서 온 것이 아닐까? 혹시 새나 꽃, 하늘의 별이었던 것은 아닐까? 꼬옥 안아주었을 때의 조그만 두근거림과 하늘처럼 맑고 깊은 눈빛을 보면 분명 새였을 거야.'

이런 몽상은 설거지를 하고 빨래를 개면서 계속되다가 늦은 밤 그림을 그릴 때 크레파스 끝에 내려앉습니다.

내가 본 가장 아름다운 그림은 지영이의 슥삭 그린 그림입니다. 내가 받아본 가장 맛있는 상차림은 송이의 색종이 요리상입니다. 넋을 잃고 반하여 그들의 놀이를 바라봅니다. 돌아가고 싶은 나라, 먼 유년의 나라를….

우리가 찾아 헤매던, 놓쳐버린 줄 알았던 파랑새는 바로 아이들입니다. 이 그림책은 어린이 세계의 변경에 선, 그도 한때 어린이였음을 잊지 않으려는 한 사람이 어린이의 천진한 웃음에 보내는 답신입니다.

자연으로 만든 색

　　조각보 그림책 《한조각 두조각 세조각》을 낼 당시만 해도 자연 염색을 배울 만한 데가 없었습니다. 국립현대미술관 도서관에 가서 옛 염색법에 관한 논문들을 찾아보고 혼자 집 부엌에서 찧고 빻고 달이고 즙을 내어 염색을 하였지요. 염색 재료를 끓이고 받혀 물감을 먹인 천을 정수한 물에 헹군 후, 전해오는 방식으로 매염제를 만들어 담갔습니다.

　　그토록 어려웠던 잇꽃과 쪽에서 나온 홍빛과 청빛을 보니 멀었던 눈이 떠지듯 기뻤습니다. 대번에 작업방을 얻었습니다. 시루와 항아리를 사들이고, 물을 여과하며 물약을 제조하는 마법사처럼 날마다 창밖으로 수상한 김을 모락모락 내보냈습니다.

모시, 무명, 삼베, 광목, 명주 등 다섯 가지 천을 필로 사서 정련해놓고 조금씩 잘라 무수히 많은 색을 만들었습니다. 자연 염색은 매염제에 따라, 횟수에 따라, 교차 염색법에 따라 은근하면서 조금씩 다른 색들을 만들 수 있습니다.

우리 빨랫줄에는 마치 초등학교 운동회가 열린 날 만국기 널리듯 다양한 색 깃발이 펄럭였습니다. 모시나 무명 등 식물성 섬유는 꽃빛 같이 담백하고, 동물성 섬유인 명주나 공단(두껍고 무늬는 없지만 윤기가 도는 비단)에는 기름진 새틴 빛이 자르르 흘렀습니다. 얼마나 고운지 자꾸자꾸 물만 들였습니다. 계절별로 얻을 수 있는 식물이 다르니까 색이 둥그렇게 배열된 색상환을 갖추는 데만 2년이 걸렸지요.

전통 복식과 조각보 바느질을 배웠지만 남들이 모두 하는 건 하기 싫었습니다. 내가 하지 않으면 이 세상에 존재하지 않는 그런 걸 하고 싶었습니다. 염색한 천으로 그림을 그리고 싶었습니다. 바느질로 시를 쓰고 싶었습니다.

자연색과 잘 어울리는 문울거미와 옛 거울테, 찬합, 목판들을 수집하였지요. 유리 없는 액자로 쓸 요량이었어요. 문화유산답사회 회원으로 우리 땅 밟기를 하면서 마음에 찍어둔 아름다운 이미

지들을 하나하나 표현하는 데에 어떤 바느질 기법이든 가리지 않았습니다. 전통 손바느질, 누비, 아플리케(바탕천 위에 다른 천을 오려 붙이는 기법), 역 아플리케, 파나마 모라 기법, 트라푼토 화이트 퀼트, 하와이안 퀼트, 크레이지 퀼트, 콜라주, 배접, 손재봉질….

하루 종일 먹물 들인 천에 바늘을 끼우다보면 팔이 저렸습니다. 팔을 들어 올릴 수도, 허리를 펼 수도 없는 몸이 되어 작업방을 나오면서도 집으로 돌아오는 차가운 밤길에 나는 참 행복했습니다. 하고 싶은 일을 해서이기도 했지만 내가 만든 색깔들이 너무도 곱고 아름다워서였습니다. 그 색들을 간직하고 있는 내가 수많은 보석을 지닌 백만장자보다도 부자인 것 같았습니다. 자연이 내게 준 색깔들, 보여드릴까요?

나의 꽃문 이야기 1

나는 오래전부터 절집 찾아다니는 것을 좋아했다.

산속으로 난 실오라기 같은 길도 좋고, 명주천에서 풀려나온 듯
한 청홍황백흑의 단청빛도 좋다. 무엇보다도 빛바랜 주위 풍광과
잘 어우러진 절의 모습에서 형언하기 힘든 열락을 느끼게 된다.

불이문, 해탈문을 지나 대웅전 앞마당에 서서 머뭇거릴 때 결이
비치도록 말간 얼굴로, 어느 때는 향기 풀풀 날리는 고운 화장한
낯빛으로 나를 맞이해주는 꽃살문이 있어 더욱 기쁘고 고맙다. 부
처님 계신 금당을 지극정성 화려하게 치장하기 위하여 솜씨를 부
려 짜넣은 날살, 띠살, 우물살, 빗살, 솟을살과 연꽃, 모란, 국화,
금강저, 만(卍) 자, 마름모, 나뭇잎, 꽃병, 거북등무늬 등을 아로새

나무쟁반을 들여다보고 있노라면 범어사 독성전의 다리 든 동자가, 성혈사 나
한전 연꽃 든 동자가, 나무쟁반이 우물인 듯 오롯이 솟아오르기도 했다.

긴 꽃지게는 옛 바느질 보자기와 많이 닮았다. 자연에서 따온 색과 선, 모양이 그러하고 굳이 '내가 만들었소' 하고 내세우지 않는 것 역시 그러하다. 정수사의 한 아름 가득한 백자꽃병 꽃꽂이문은 공단에 수를 놓은 병풍과도 같고, 통도사 솟을살문은 마치 모시 조각보에 날아든 꽃나비 떼와 같다.

바느질을 좋아하는 내가 꽃문의 의미와 아름다움에 흠뻑 빠진 것은 저절로 된 일이다. 헝클어진 삶의 실을 솔솔 풀어내어 매듭을 지어주며 '다시금 잘 살아보라' 이르는 꽃문 여행에서 돌아오면 문갑에서 떨어져 나온 거울문짝이나 나무그릇들을 모으고 모시나 삼베, 무명 같은 소박한 우리 천에 자연의 빛을 흠뻑 들여놓는다.

그리고 '자, 이제 어떻게 표현할꼬?' 하며 곰곰이 생각하는 것이다. 홀로 바느질하는 내 방에 가릉빈가(신비로운 목청을 지닌 사람 형상의 극락조)가 놀러오곤 했다. 그 노래를 들으며 나무쟁반을 들여다보고 있노라면 범어사 독성전의 다리 든 동자가, 성혈사 나한전 연꽃 든 동자가, 나무쟁반이 우물인 듯 오롯이 솟아오르기도 했다. 그때 내 안에 새겨진 무늬를 고스란히 옮겨놓으니 바늘로 쓴 시(詩), 꽃 얘기로만 엮인 한 권의 시집(詩集) 같다.

나의 꽃문 이야기 2

꽃비 흩날리고 즐거운 새소리와 맑은 물소리 들리고, 은은한 향내 속으로 온갖 꽃나비 노니는 첩첩산중, 큰 자비의 화신이 앉아 계시는 산사. 꽃의 마음으로 드는 길에 지극정성으로 치장해놓은 꽃살문이 있다. 이름 모를 목수가 허리 구부려 몇 년 동안 나무를 준비하고 다듬고 새겨 만든 참으로 귀한 작품인데, 알아주는 사람은 드문 것 같다.

불원천리 꽃살문이 그리워 달려가보면 부서지거나, 새로 칠해 깊은 맛이 사라져버리거나, 심지어 영영 자취를 감춘 경우도 있었다. 절은 늘 참선 중이니 처음 꽃살문을 접하며 일어난 궁금증을 누구에게 물어봐야 할지 막막했다. 그러다 고운 모습을 발견하면

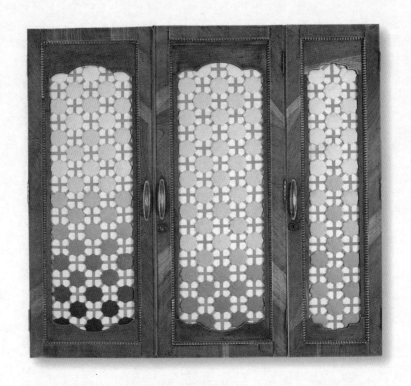

꽃살문을 얼마나 사랑하는지, 여행을 하다 정신을 차리고 보면 어느새 그 집 꽃문 앞에 서 있는 것이다. 처음 통도사의 꽃 비스킷이 잔뜩 붙은 꽃문을 보았을 때 나는 혼절하여 쓰러질 뻔했다.

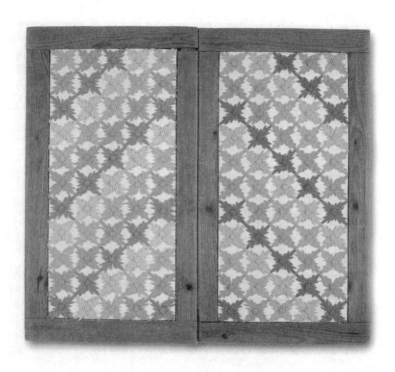

미미인형의 손바닥만 한 국화잎을 꿰매 뒤집고 또 뒤집으며 수많은 꽃살
문을 만들었다. 어느 날 문득 내가 왜 이런 짓을 하고 있나 정신을 차려보
니 벌써 두 달이 지나 있었다.

얼른 바느질해놓놔야지 하는 생각이 간절했다.

꽃살문을 얼마나 사랑하는지, 여행을 하다 정신을 차리고 보면 어느새 그 집 꽃문 앞에 서 있는 것이다. 처음 통도사의 꽃 비스킷이 잔뜩 붙은 꽃문을 보았을 때 나는 혼절하여 쓰러질 뻔했다. 내가 이 나라에 태어난 게 너무 좋았다.

어떻게든 내 손으로 통도사의 그 꽃문을 똑같이 만들어 숨을 불어넣고 곁에 두고 살고 싶었다. 기다란 장롱 문짝 세 개를 구해 거울을 떼고 솟을살문에 도톰하게 바느질을 하기 시작했다. 거기까지는 쉬웠는데 꽃이 문제였다. 아무리 꽃살문과 사랑에 빠져 있어도 연꽃, 모란꽃, 해바라기꽃을 천과 바늘만으로 어여삐 조각하기란 쉬운 일이 아니었다. 그러나 간절히 원하면 길은 있는 법, 상징을 쓰기로 했다. 멀리서 보면 그럴 듯해 보이는 바로 그 수법 말이다.

광목에 염색해놓은 빨강, 노랑, 파랑 계열의 천을 모두 찾아 극도로 단순한 모양을 만들어 꿰매고 뒤집어서 솜을 넣어 얹었다. 전시회 때 아이들이 과자인 줄 알고 덥석 떼어 먹으려 했으니 느낌을 잘 전달한 셈이다.

내소사의 꽃살문 앞에서도 그랬다. 그 무늬와 색채에 매료되어

발을 뗄 수가 없었다. 집으로 가지고 오고 싶었다. 재현하고 싶었다. 미미인형의 손바닥만 한 국화잎을 꿰매 뒤집고 또 뒤집으며 수많은 꽃살문을 만들었다. 어느 날 문득 내가 왜 이런 짓을 하고 있나 정신을 차려보니 벌써 두 달이 지나 있었다. 그렇게 해서 내소사 꽃살문을 만들었다. 전시회 때 "이거 혹시 내소사 꽃살문 아닌가요?" 하고 물어본 관람객이 있었으니 이 또한 느낌을 잘 담아낸 셈이다.

한 땀 한 땀 이어온 바느질을 잠시 멈추고 2004년 인사동에서 꽃살문 전시회를 열었다. 내가 그토록 사랑하는 꽃살문을 사람들에게 보이고 그들의 관심을 모으고 싶었기 때문이었다.

'마음속에 들어 있는 무늬를 가만히 더듬었습니다. 그 조용한 무늬 속에는 얼마나 아름다운 마음이 맺혀 있을까?'

'꽃문 앞에 서니 그곳이 화엄세계군요.'

'바늘로 쓴 시, 독창적인 기법과 이미지'

'전통을 창조적으로 해석한 고귀한 작업'

방명록에 관람객들이 슬며시 써주시고 간 감상의 흔적들이 내게 또 하나의 아름다운 무늬로 남아 있다. 물질문명과 첨단 기계의 도입 그리고 이제는 우리 삶 깊숙이 들어온 디지털 문화에 외면을 당할 줄만 알았던 나의 꽃문 이야기 전시회에 성원해주고 직접 찾아와 관심의 눈빛을 보내준 많은 분들을 보며 나는 우리나라 사람들의 가슴 저 깊은 곳에 살아 있는 뜨거움을 읽을 수 있었다.

그 옛날 어느 목수의 손끝에서 태어나 이제는 조금씩 자취를 감추고 있는 꽃살문, 그것을 내 마음으로 가져와 바느질 조각으로 다시 피어나게 했다. 수백 년 전 산속에서 목수가 만들던 꽃살문이 바로 꽃의 이야기이자 햇빛의 이야기, 그리고 목수들의 아름다운 영혼의 결이라는 것을 꽃살문을 만들면서 알았다. 훗날 절집을 찾는 이, 눈부시고 아름다운 햇빛의 발자국이 만들어낸 꽃살문의 이야기를 들어보시길….

남이섬 꽃빛 바느질 초대전

　인사동에서 첫 개인전을 잘 마치고 사진 자료들을 챙겨 남이섬으로 들어갔다. 얼마 후에 미국에서 초대전을 열 예정이었는데 혹시 작품들이 팔릴 수도 있을 것 같아 국내에서 한 번 더 전시하고 싶었다. 게다가 남이섬은 젊은이들은 물론 외국인들도 많이 오는 곳이라 전통의 색과 문양을 담은 내 작품을 보여주면 좋으리라고 생각했다.

　게다가 수풀 14만 평이 우거진 아름다운 남이섬의 대표님이 옛 스승이셔서 꽃살문 바느질 전시회를 남이섬에서 열고 싶다고 말씀드린 적이 있었다. 남이섬은 과거 유원지의 이미지를 벗고 문화와 예술이 살아 숨 쉬는 청정 섬으로 옷을 갈아입는 중이어서 갈 때마다 새롭게 변하고 있었다. 특히 예전부터 전시공간으로 좋을 것 같아 눈여겨 봐두었던 도깨비성은 하얗게 분칠을 하고 나무 놀이터까지 갖춘 유니세프 홀로 바뀌어 있었다.

마땅히 전시할 만한 곳이 눈에 들어오지 않았다. 직원들이 저녁에 회의를 하는 옛 교회당 건물이 눈에 띄었는데 창문이 너무 많아 전시를 하기에 곤란했다. 복잡한 마음으로 대표님을 따라 이곳저곳 다니다 보니 어느덧 숲 속에 어둠이 내려앉고 있었다. 나는 '전시를 할 수 없겠구나' 생각하면서 손님들이 야외에서 바비큐 구이를 하는 자리 한구석에 우두커니 서 있었다.

그런데 대표님이 불쑥 안데르센 홀이 어떠냐고 물어오셨다. 사실 그곳은 너무 넓어 감히 상상도 하지 않았던 곳이었다. 언제나 재미난 발상을 떠올리면 곧 현실로 만들어내는 분이라는 걸 알았지만 내게 말씀을 하시고서도 자못 놀란 표정이셨다.

"아직 국내 작가에겐 한번도 내준 적이 없는 전시장인데…."

"그건 자랑이 아니죠. 한국 사람이 한국에서 전시를 못 하면 어디 가서 하라고요."

"여긴 한국 아니야. 남이섬이지."

속사포 같은 말투 속에서 남이섬에 대한 애정과 자부심을 엿볼

89

수 있었다. 그도 그럴 것이 한국 최고의 그래픽 예술가로서 또 사업가로서 좋은 자리를 마다하고 남이섬에 들어와 흑자를 낼 때까지 백만 원의 월급을 받기로 하고 이곳을 동화와 노래의 섬으로 만들어 나가고 계시니 그 열정과 모험정신은 정말 누구 못지않게 대단했다.

나는 '하겠다, 하고 싶다'고 말씀드렸다. 내겐 꽃살문뿐만 아니라 그림책 원화, 바느질 헝겊책, 가족이 입던 헌 옷으로 딸과 함께 만든 이불과 동화도 있으니 가능하리라고 생각했다. 15년의 바느질 인생 속에 내 손을 거쳐 간 수많은 헝겊의 이야기들이 영화처럼 스쳐 지나갔다.

사실 바느질은 일상적이고 누구나 할 수 있기에 친근감을 느끼는 경우가 많다. 그러나 오히려 그래서인지 혹은 너무 느려서인지 바늘 하나로 예술을 하는 사람은 거의 없는 것 같다. 하지만 나는 누구보다도 바느질의 위력을 절감하고 있었다. 바느질을 통해 인생철학을 깨닫는다. 편안하고 차분한 마음으로 바느질을 해야 하듯 우리 삶도 매듭을 잘 맺고 잘 풀어야 행복한 인생이 된다는 지혜를 알게 된 것이다. 지나간 일에 너그러워지며, 마음을 정화시키거나 치유하고, 무욕의 행복감을 느끼게 해주는 것이 바로 바느질이다.

　그래, 문명의 속도를 따라가지 않으면 살 수 없는 광기 어린 속도의 시대에 한 땀 한 땀 느린 손바느질로 잃어버린 행복을 노래하는 따뜻한 전시회를 열자! 드디어 전시회를 해도 좋다는 답변이 주어졌다. 집으로 돌아와 차근차근 준비를 해나가다 보니 새로운 아이디어가 몽글몽글 피어올랐다. 나 혼자서는 감당하기 힘들어 디자이너 이명주 씨에게 도움을 청했다. 그 후 우리는 생쥐처럼 남이섬과 시장을 드나들며 열심히 준비를 했다. 더없이 소중한 한 달이었다.

　드디어 전시회가 열렸다. 남이섬은 온통 축제 분위기였다. 유니세프 홀에서는 〈꿈꾸는 나비전〉, 레종 갤러리에서는 〈와이의 작품 세계전〉, 안데르센 홀 본관에서는 〈꽃빛 바느질전〉 그리고 별관에서는 〈한학림 조각전〉이 동시에 문을 열었다. 수많은 사람이 초대되었고 주말이라 놀러온 연인, 친구, 가족, 단체 여행객들이 숲길을 걸어서 미술관 순례에 나섰다.

　나는 더 많은 관객이 오도록 23미터나 되는 긴 조각보를 쳤다. 그 아래로 사람들이 걸으면 색색의 투명 조각보 빛이 비치어 얼굴이 발그레해진다. "어, 바느질전이 열리나 보네?" 하고 호기심에 차서 들어온 이들을 큰항아리에 담긴 개망초 꽃들이 먼저 반긴다.

전시장에 들어서면 '꽃빛 바느질' 코너가 먼저 시작된다. 바느질방 한구석을 잘라 옮겨다 놓은 듯 방금 바느질을 하다만 나른하고 한가로운 풍경을 볼 수 있는 일명 '바느질 시간' 이다. 친구 집에서 빌려온 골동 테이블과 의자가 명주 조각보와 참 잘 어울렸다. 모양과 크기가 제각각인 꽃살 문양들이 천연염에 섬세한 바느질의 기품을 뿜어낸다. "나도 모르게 만지게 되는 건 무죄"라는 어느 관람객의 말처럼, 한번 만져보고 싶은 충동을 느낀다.

다음으로 '달빛 바느질' 코너에는 달빛 아래서 달님과 함께 바느질한 딸 송이의 조각 이불이 걸려 있다. 그리고 다섯 살 때 놀러간 바닷가의 모래알이 붙어 반짝거리는 보라색 원피스 한 조각도 볼 수 있다. 그 이불을 만든 이야기인 동화 《내 달빛 이불》도 나란히 걸어 놓았고, 딸에게 만들어준 헝겊 그림책 세 권도 펼쳐놓았다.

다음은 '햇빛 바느질' 코너다. 그림책 《한조각 두조각 세조각》의 원화인 조각보 열다섯 작품을 걸어놓았고 그 아래 장지(두껍고 질기며 질이 좋은 종이)가 펄럭였다. 전시를 본 느낌을 짧은 시로 적어달라고 색연필을 두었는데 '한걸음 내딛을 때마다 새로운 세계' '우리 엄마가 꿰매준 색동이불' 등 번갯불 같은 발상이 보는 이에게 즐거움을 주었다.

　다음은 관람객이 직접 작품을 만드는 즉흥 조각보 코너다. 두꺼운 광목천을 벽에 붙이고 천연 염색한 천을 마음대로 자르고 그리고 붙여가며 벽화를 만들었는데 생동감 넘치는 작품이 되었다. 코너 가운데 유리 전시대 안에는 조각보 접시, 염색 재료, 바느질 도구, 미니 조각보, 곱게 말린 나뭇잎, 우리 천을 묶은 책, 자연 염색 천을 묶은 책을 전시했다. 홀 중간에는 기다란 송판을 두 장 마련해 바느질과 관련된 그림책들을 앉아서 볼 수 있게 했다.

　그리고 조용한 음악을 틀었다. 바느질하면서 늘 듣던 자연을 닮은 소리, 티베트 명상 음악가 나왕 케촉의 바람의 소리, 정대석의 거문고 연주, 그리고 인디언 음악이 작품 감상을 도왔다. 또한 여느 전시회와 달리 사진촬영금지 푯말을 떼어내 전시장을 찾은 분들이 편안하게 바느질의 세계에 빠져들고 함께 즐길 수 있도록 했다.

　관람객들은 더 아름다운 마음을 담아서 내게 다시 돌려주었다.

　'따스한 외할머니의 미소.'

　'정신 못 차리게 바쁘게 돌아가는 요즈음의 기계문명 속에 젖어 있던 내 마음의 찌꺼기가 걸러지는 듯한 느낌이 듭니다.'

최선을 다해 전시회를 준비하지 않았다면 얇은 한지에 허리를 굽혀 한 자 한 자 소감을 적어주고 간 사람들의 얼굴 위에서 반짝 빛나던 금강석 알갱이 같은 행복의 미소를 엿보지 못했을 것이다.

복에 겨운 사람

어제는 참으로 뜻 깊은 하루였습니다. 그동안 작업한 자연 염색
과 푸새(옷 따위에 풀을 먹이는 일)를 마친 천들을 가지고 수업을 진
행한 날이었습니다. '꽃빛 바느질이라니 도대체 그게 무슨 얘기인
지 어디 들어나 보자' 하고 쳐다볼 눈동자들을 떠올리며 일주일
동안 수업을 준비했습니다.

바늘 하나로 담아낸 이야기에 관심을 가질까? 나만의 바느질법
을 이야기를 하려는데 과연 다른 사람들에게 도움이 될 수 있을
까? 부끄러움을 당하지는 않을까? 걱정이 들었지만, 우선 떠오르
는 대로 정성껏 준비하며 견본을 만들었습니다.

드디어 수업시간. 모두들 바느질부터 시작하자는 눈빛들이었지

만, 나는 천천히 하고 싶은 말의 실마리를 찾아 풀어내기 시작했습니다.

"'꽃빛 바느질'은 제 바느질 작업에 붙인 이름입니다. 꽃의 빛깔처럼 자연에서 색을 얻어 바느질한다는 뜻이자, 문명의 속도에 반하여 옛것의 미를 찾아 느리고도 천천히 살자는 제 생활의 작은 철학이기도 합니다. 지금처럼 옷감이며 옷들이 풍족하지 않았던 시절, 여인들은 얼마 안 되는 천 조각들을 잇고 이어 너무도 아름다운 작품들을 만들어냈습니다. 대표적인 예로 색동저고리가 그렇지요. 여인들만이 지닌 섬세함과 상상력을 방 안에서 바느질 하나로 마음껏 발휘했습니다. 결핍으로 명품을 만들어낸 것이지요.

복을 싸둔다는 의미를 지닌 보자기에 지극정성 수를 놓고 색감 조각으로 아름답게 갖가지 치장을 하여 너무도 아름다운 자신들만의 보자기들을 만들어냈습니다. 자신의 정성으로 복을 불러들여 내 집에 싸두겠다는 옛 여인들의 신념이자 신앙입니다. 보자기뿐만이 아닙니다. 매일 밤 덮고 자는 이불은 그녀들만의 화폭이자 소우주였습니다. 정성껏 그녀들이 담은 소망과 염원과 꿈을 덮고 가족들은 잠이 들었습니다.

꽃빛 바느질도 풍족함이 아닌 부족함에서 시작하고 싶습니다.

여러분들도 다소 모자라는 것으로 자신들의 꿈과 염원과 이야기를 바느질로 털어놓고 꿰매넣으면서 기분을 발산해보세요, 옛 여인들의 믿음대로 복을 부르면서 말입니다."

곧바로 바느질 작업에 들어갈 줄만 알았던 분들에게 이런 식의 이야기를 길고도 장황하게 그것도 몇 시간씩이나 늘어놓았으니 무척 지루했을지도 모릅니다. 특히 제 말투가 어눌한데다가 굼벵이보다 느리고 느려서 논리정연한 강의에 익숙한 분들에게 매우 힘든 시간이었을 것입니다.

그럼에도 불구하고 제가 생각하는 바느질에 대해서 주저리주저리 떠들어댔습니다. 바느질에 대해서라면 하루 종일 아니 며칠씩이라도 이야기를 하고 싶습니다. 수업에 오신 분들도 제 지루한 수업의 의미와 이야기들의 행간을 이해해주셨습니다.

화가들이 아름다운 풍경을 보면 그림을 그리듯이, 시인들이 머릿속으로 영감이 스칠 때 혹은 외롭거나 그리움이 넘칠 때 시를 쓰듯이 저는 바느질도 그와 같은 일이라 생각합니다. 작은 산방에 앉아 하루 종일 바느질을 하다 보면 스스로 참 복에 겨운 사람이라는 생각이 듭니다. 작은 바늘구멍으로 세상을 보는 것이 너무 재미있고 또 바느질로 마음껏 세상을 꿰맬 수 있으니까요.

저녁이 오면 창문으로 햇빛에 반사된 산빛이 조그맣게 들어옵니다. 그 빛이 전해주는 그리움 같은 것, 외로움 같은 것, 그것이 저는 에너지라고 생각합니다. 그리고 그것을 느끼면서 스스로 고즈넉해지는 것도 복에 겨운 일이라 생각합니다. 방 안에 미세하게 머물던 산빛이 사위어 가면 문득문득 바느질로 이런 시 한 편 쓰고 싶습니다.

너무 그리운 게 많아
걸을 때 오색영롱한 실이 나풀대는 사람
그 실 바래지도록 아무 일도 일어나지 않아
그런 눈빛이 되어버린 사람
몸 안 환한 등 밝히고
헤진 마음자리 찾아 기우며
이 생이 너무 복에 겨운 사람

그렇게 저는 바느질 하나로 복에 겨운 여자입니다. 오래도록 당신의 헤진 마음자리 찾아 기우며 살겠습니다.

흙으로 된 화폐

우리 집에는 거대한 마룻장 하나가 떡 하니 놓여 있다. 바느질한 것들을 앉히려고 옛 문짝이나 나무 쟁반 등을 구하다가 곤지암에 있는 민속품 가게에서 발견한 것인데 마음이 동해서 손으로 쓸다가 그만 덜컥 사버렸다. 크기도 크고 무게 또한 여간하지 않아 집으로 옮겨오기 위해서 지게차를 빌려야 했고 장정 네 사람이 낑낑거리며 매달려서야 겨우 거실까지 들여놓을 수 있었다.

마룻장을 들여놓은 날, 밤늦게 퇴근한 남편이 거실 한가운데에 큰 마룻장이 놓인 광경을 보더니 눈이 당구공만 해져서 "어, 저, 저런 게 다 집 안에 들어오다니…." 하며 비틀거렸다. 나는 큰 잘못을 저지른 아이처럼 눈을 사선으로 내렸지만 머리로는 이미 마

99

룻장을 타고 멀리멀리 날아가는 꿈을 꾸고 있었는데, 그래도 남편을 놀라게 한 것에 미안한 마음이 들어 "더 이상 놀라게 하지 않을 때 나는 아픈 거라오" 하고 반성인지 협박인지 모를 말을 던졌다.

안양에 이사 와서 3천 평의 아름다운 정원 안에 있는 돌집, 수리산 도예연구소에 다니면서 쌓여 가는 그릇이 점점 무거워졌다. 그래서 집 안에 있던 평범한 그릇들을 모두 버렸다. 싱크대 찬장에 크기도 모양도 제각각인 못 생긴 그릇들을 빼곡히 채워 넣고, 설거지하면서 이가 빠진 그릇을 매우 기뻐하며 깨버리는, 정말이지 도공의 아내 같은 삶을 살게 되었다.

흙으로 빚은 오밀조밀한 그릇에 토종 먹을거리들을 담아 둥근 밥상에 둘러앉아 한껏 뿌듯해 하고 있는데 남편이 "온통 일그러진 그릇 앞에 앉아 있으려니 머슴이 된 것 같아. 난 옛날로 치면 공부하는 선비인데 좌우대칭으로 반듯한 그릇, 스테인리스 스틸 그릇에 밥 담아 먹고 싶어" 하며 불평이다. 천한 옹기장이와 혼인한 선비의 기구한 팔자를 탓할 밖에, 부엌은 어디까지나 내 영토인 것을….

사태가 진정될 즈음 그 옆자리에 딱 어울리는 사발 넣을 그릇장도 들여오게 되었다. 잘 만든 다기들과 다른 도예가들의 작품을 하나하나 집어넣고 마루 위에 목침, 죽부인, 소반들을 올려놓으니 근사한 인사동 전통 찻집이 되었다. 집에 놀러 온 손님들이 얼떨결에 차를 청하게 되면 찻값을 받을 수 있게 되었다는 뜻이다. 책 벌레인 딸의 책장이 놓일 알토란 같은 빈 벽을 그릇장이 차지한 것에 불만을 품고 있던 남편이 어느 날 좀비처럼 속삭였다.

"누가 저거 통째로 다 산다고 하면 팔 테야?" 그때 작업방에서 대기 중인 다른 그릇장을 또 들여오면 된다고 생각한 나는 신이 나서 계산기를 꾹꾹 눌러 보다가 왠지 느낌이 이상해 남편에게 물어보았다.

"누가 산대? 혹시 당신이?"

"응, 내가 다 사서 땅속에 묻어버리고 올 거야."

나는 그릇이 잔뜩 든 자루를 맨 채, 썰매를 타고 먼 행복의 나라로 떠나고 싶었다. 창고에 일곱 상자나 들어 있는 내 그릇들은 조폐공사와는 상관없는 나만의 화폐다. 작은 호롱, 손잡이 잔, 차 사발들, 조각한 꽃병, 조각보 접시들….

모임이 있을 때나 남의 집을 방문할 일이 있으면, 전날부터 그윽하게 그 사람의 빛깔과 향기에 맞는 그릇을 생각한다. 그 그릇이 오롯이 떠오르면 창고에 들어가 먼지를 헤쳐 상자들을 연다. 대개는 투시력이 어느 정도 작동해 상자를 다 열어보기 전에 찾곤 한다. 찾아낸 그릇을 잘 씻어 말린 다음 한지로 포장하고 종이노끈으로 묶어서 친구들을 만나자마자 나눠주면 밥값, 술값, 찻값에서 나를 제외해준다. 그리고 헤어질 때는 "고마워" 하며 껴안아주기까지 하니 이런 따뜻한 화폐가 또 어디 있을까?

흙으로 만든 작은 접시들(야생초 샐러드를 담아 먹기에 안성맞춤이다)을 주머니에 넣고 다니다가 붕어빵을 살 때도 내고, 버스를 탈 때도 요금통에 우겨넣고 싶다. 흙으로 된 화폐 1킬로그램과 지인들의 물건과도 바꾸고 싶다. 오카리나 연주 한 곡 감상, 가마솥에서 찐 '감고구마물봉선꽃떡' 한 쟁반이면 가격이 적당하리라. 무엇보다도 당신과 한나절을 보내는 데 필요하다면, 그릇 한 상자를 메고 찾아가리.

바느질 내 사랑

나무에 대한 책을 여러 권 쓰신 작가분이 바쁜 일을 마치고 이틀 정도 여유 시간이 생겼다며 새로 문을 연 국립중앙박물관에 같이 가자고 하셨다.

나는 조금이라도 좋아하는 사람이 만나자고 하면 만사를 제쳐놓고 달려 나간다. 얼만 전까지만 해도 그게 푼수짓인 줄 몰랐다. 주변에 글 작가, 그림 작가들이 있는데, 1년이나 2년 넘게 두문불출하는 이들이 많다. 그중에는 10년 후에도 만나기 힘들 사람, 심지어 살아생전 얼굴 보기 힘들 사람도 있을지 모른다.

그런 사람 중에 한 건 멋지게 끝냈다며 한 며칠 쉴 건데 자기랑 그중 하루 몇 시간 전시회 보고 밥 먹고 술 마시자 하면 나는 실컷

놀다가 이제 막 일을 시작하려 하다가도, "괜찮아, 나, 시간 많아" 하며 나간다.

그가 나를 선택한 것은 내가 많이 보고 싶어서가 아니라 왠지 시간이 많아 보여서가 아닐까. 아무래도 혼자 다니는 것보다는 누군가와 함께 있는 것이 나을 테니까. 푼수처럼 행동한 것은 아닌지 돌아보다가 나는 무엇 하는 사람인가, 하는 질문에까지 닿았다.

약속을 한 그는 우연히 나를 떠올린 것임에 분명한데 나는 오래이 만남을 준비해온 사람처럼 선물을 챙기고, 데이트에 쓸 돈을 꾸고, 다른 약속을 취소하느라 분주하다. 그러니 가벼운 만남을 떠올렸다가 과잉 친절을 받은 상대방은 당황하여 내게서 슬슬 뒷걸음질 치게 되는 것이다.

사람들에게 정이 없다는 사실에 깊이 실망을 한 나는 어느 날 굳은 결심을 하고 내가 하는 일을 최우선으로 하고 살아 보기로 했다. 그리하여 많은 연습 끝에 이제는 "나, 못 나가, 일 해야 돼" 하는 말도 곧잘 하는 깍쟁이 대열에 들어섰다.

사실 놀아 보니 혼자 노는 것이 얼마나 재미가 있던지, 이제는 누가 오늘 뭐 할 거냐고 전화라도 할까봐 겁이 날 지경이다. 잠을 푹 자고 일어난 날 오전 중에 집안일 모두 끝내고 나면 날개를 단

듯 마음이 자유롭다. 오늘은 뭐 하고 놀까? 어디를 갈까?

옛날에는 친구네 집에 가는 것을 좋아했는데, 이제는 누구와 만나 이야기하는 것보다 구경하며 거리를 쏘다니는 게 더 즐겁다. 햇볕 쏟아지는 거리에서라야 왠지 알차게 시간을 보내는 것 같아 꼭 보고 싶었던 영화가 아니면 어둑한 극장에도 잘 들어가지 않는다.

긴 하루를 오롯이 쓸 수 있는 한가한 날이면 가고 싶은 곳이 많아 정말 어디로 가야 할지 난감하다. 국립현대미술관 도서관, 교보문고 예술서적 코너, 남대문 구제품 시장, 장안평 고미술 상가, 고속터미널 지하 인테리어 소품 가게들, 이태원 중고 가구점들, 인사동의 터키와 태국 옷 파는 집, 환기 미술관, 삼청동 길, 명동 수입서적 길, 홍대 앞 헌책방, 국립중앙박물관 도자기실, 호암 미술관, 궁평리 바다, 가평 보광사⋯. 때로는 어떤 선택도 하지 못한 채 집에서 빈둥거리거나 작업방으로 간다.

허나 이 모두를 뛰어 넘는 곳이 있다. 그곳만 떠올리면 다른 데 가고 싶던 마음이 증발해버린다. 바로 수리산 숲이다. 그곳에는 수년 동안 세 들어 살고 있는 내 집이 몇 채나 된다. 계곡 물 건너 층층나무 아래, 산신제 올리는 큰 바위 밑, 숨은 길의 양지 바른 아지트, 잣나무 숲 나무 침상, 장수옹달샘 왼쪽 길 언덕배기.

그날의 기후와 기분에 따라 골라 들면 거기가 바로 다소곳한 여인의 규방이 된다. 어제 그곳에서 하다가 만 바느질이 떠오르는 것과 동시에 나는 바느질을 좋아하는 산촌의 아낙이 되어버리는 것이다.

일년 중 반은 숲에 든다. 숲은 언제나 새롭고 신선하고 아늑하고 포근하다. 그곳에 머물면 창작의 영감이 샘솟아나는 듯하고 책도 잘 읽히며 글도 마구 쏟아져 나와 받아 적기 바쁘다. 산에 들어 바느질하며 책 보고 글 쓰는 덕분에 나도 어느새 만나기 힘든 사람이 되었다. 전화하면 늘 안 받는 사람이 되었다.

화가 난 친구들에게 산 얘기를 들려주면 신선놀음이라며 내 팔자가 상팔자란다. 그래서 나랑 팔자를 바꿀래, 물어보면 글쎄, 하며 망설인다. 사람들은 바느질이 얼마나 부러워할 만한 일인지 모르는 것 같다. 손바느질은 짐이 가볍다. 어디로든 가볍게 떠나 바로 시작할 수 있다. 심지어는 누구랑 만나 차를 마시며 얘기를 하면서도 계속할 수 있다. 나는 작은 조각 천들을 잘라서 지퍼백에 넣어가지고 다닌다. 장기간 여행을 갈 때는 그곳의 환경을 고려하여 거기에 꼭 맞는 바느질감을 챙겨 간다.

일본의 남쪽 섬에 사는 언니에게 갈 때는 열대의 숲과 어울리는 원색의 정삼각형 조각 천을 지퍼백에 담고 화장품 가방만 한 휴대용 반짇고리를 가져가서 곳곳에서 바느질을 했다. 리조트 하우스 같은 집에서, 언니네 가게에서, 까만 화산 모랫바닥 위에서, 알록달록 사탕 같은 열대어와 헤엄친 바닷가에서, 산속 계곡폭포 선녀탕에서…. 여행에서 돌아오니 원시적인 분위기의 커다란 조각 이불보가 되어 있었다.

소꿉친구들과 여행을 할 때도 허름한 숙소에서 맥주를 마시며 도란도란 옛 얘기를 나누며 손으로는 바느질을 한다. 일곱 살 때 처음 만난 우리 네 명 중 세 명이 바느질을 좋아하는 어른으로 자란 것이다.

모처럼 집에서 혼자 텔레비전을 볼 때면 패션쇼를 열심히 본다. 색과 색이 만나 어떤 즐거움을 일으키는지, 질감이 다른 직물과 직물이 이웃하여 어떤 조화를 이뤄내는지 시선을 떼지 못한다. 패션 디자이너들이 밤을 꼬박 세워가며, 고심하여 창조해낸 컬렉션을 안방에 편히 누워 감상하는 기분이란!

바느질로 표현하는 예술세계는 무궁무진하다. 바느질에 또 다른 무엇을 더하면 그 세계는 더욱 넓고 깊어진다. 이렇게 저렇게 해보고 싶은 걸 다 바느질하려면 지금부터 1백 년을 더 살아도 모자랄 것이다. 이제 막 내 몸에서 미끄러져 나오려는 작품을 보며 얼굴이 빨갛게 달아오른다. 바느질과 단단히 사랑에 빠진 것이 분명하다.

꿈을 담은 손길

어제는 동대문 시장을 여행했습니다. 이따금 들르는 곳이지만 올 때마다 가슴이 뜁니다. 이곳은 제가 절과 산을 누비며 발견한 색과 모양을 바느질로 표현하는 작업의 출발점이기 때문입니다. 각양각색의 실과 바늘, 가죽 끈, 은과 신주의 귀고리 부품들을 고르다 보니 바구니가 한 가득입니다. 경복궁 주차장에 차를 대었기에 돌아가서 주차비를 정산해보니 세 시간 반 동안 동대문 시장을 돌아다녔나 봅니다. 시간 가는 줄 모르고 정신없이 구경에 매달렸습니다.

마침 비가 부슬부슬 오고, 구경이 지나쳤는지 눈도 아파오고, 몸과 마음이 피곤해져서 북촌 칼국수집에 들어갔습니다. 비가 오는 날이면 자주 들르는 곳입니다. 사골국물에 구수한 밀국수를 백김치와 홍김치를 곁들여 훌훌 맛있게 넘기고 집에 있는 애들이 생각나서 찐만두 2인분을 포장해 받았습니다.

커피를 뽑아 들고 마침 사간동으로 이사한 '예나르'에서 〈연초함과 자물쇠전〉을 하기에 들어가 보았습니다. 목물, 자개, 옥, 금은입사, 칠기의 조그맣고 정교한 사각의 함들이, 이미 돌아가셨을 어떤 분의 손길로 반드르르한 정취를 풍겼습니다. 금, 은, 동, 철의 크고 작은 자물통에도 온갖 모양과 무늬가 베풀어져 있었는데 모아놓으니 비슷해 보이기도 하고 또 하나하나 눈여겨보니 모두 색달라서 여간 재미난 것이 아니었습니다.

공예를 하는 한 친구가 우리 공예는 스케일이 작다고 한숨을 섞어 얘기한 적이 있었는데, 아마 이 전시를 함께 봤다면 생각이 달라지지 않았을까 하는 아쉬움이 생겨났습니다. 작은 공간에 세밀한 아름다움을 새겨 넣은 우리 옛 민예품들은 우주를 품고 있었습니다. 우주를 향한 염원, 시원을 향한 꿈들은 단순히 작품의 크고 작음에 머물러 있지 않습니다. 어릴 적 들여다보던 우물 입구는 좁지만 우물 안의 깊이는 가늠할 수 없는 것처럼 말이지요.

작품에 깃들인 꿈들은 또한 멀리 멀리 날아갑니다. 지금, 그리고 나중에 만나게 될 사람들과 겪게 될 슬픔과 기쁨, 외로움까지 그 작품은 담고 있지요. 지금은 작품을 만든 사람 또한 별빛이 되어 하늘에서 그 작품을 내려다보고 있겠지요. 세상 밖에서도 영원히 사는 것은 세상 안에서 어떤 진정성이 깃든, 공력을 다한 삶이 아니었을까 생각해 봅니다. 일에서도 사랑에서도 말이지요.

전시회가 열린다는 소식을 엽서로 받아 수첩에 꽂아두었다가 깜빡 놓칠 뻔했는데, 전시 마지막 날 우연히 보고 소중한 깨달음을 얻은 하루였습니다.

별빛 바느질

누구에게나 마음의 눈에만 보이는 빛이 있다. 순간 비치었다가 사라져버려서일까. 분명 모든 사람이 각자 그 빛을 보았음에도 불구하고 기억을 하지 못한다. 빛을 만난 그들의 이야기를 바느질로 들려주고 싶다.

나무 아래 누워 흔들이는 이파리들을 바라보고 있으면 보인단다. 반짝반
짝 반짝이는 금빛 은빛 별들…. 너무나 아름다운 보석이야.

한때는 봄꽃으로 태어났던 너, 한때는 한여름 푸른 잎이었던 너, 이제 꽃과 잎 다 떨군
이 겸손의 계절에 자연빛 머금은 꽃창문으로 다시 태어났구나.

마음의 눈에만 보이는 빛

　피곤에 지친 몸을 뉘어 쉬다가 어느새 잠이 들었나 보다.

　게슴츠레 눈을 떠 보니 창밖 나무, 잎사귀 사이에서 황금빛 꽃들이 명멸한다. 잔잔한 웃음소리처럼 흔들리며 빛나는 저 금붙이들, 무슨 꽃일까. 국화를 닮았는데…. 꽃심이 단추의 테처럼 둥글며 꽃잎은 감씨 안의 숟가락이 촘촘히 술을 두른 모양이다. 나는 황토 포대기를 감고 황홀히 누워 모든 것을 낱낱이 보고 있었다.

　나뭇잎 사이 구멍 난 하늘자리에 빼곡히 들어차 반짝이는 꽃들…. 그것은 '눈' 같았다. 물기에 젖은 동그란 수정체와 가는 빗살 혹은 자귀나무 꽃처럼 난 눈썹들 …. 조금이라도 움직이면 사라질까봐 꼼짝 않고 그대로 있었다. 아마 하늘나라가 이러하리라.

나는 내가 보고 있는 것 때문에 떨렸고 심장 뛰는 소리가 새어 나올까봐 숨을 참을 수밖에 없었다. 어느 오후 작업방에서였다. 그러나 그 모든 영상이 순간 사라져버리고 말았다. 그리고 언제 그런 일이 있었냐는 듯이 심심한 하늘만이 아무렇게나 오려 붙인 색종이처럼 나뭇잎 저 멀리 널려 있는 것이었다.

방 안을 서성거리며, 눈을 다시 게슴츠레 떠 보고 찡그려 보고 부릅떠 보며 기다렸는데도 그 황금빛 꽃들은 다시는, 다시는 오지 않았다.

눈을 감았다. 내가 본 것은 무엇이었을까. 할머니의 영혼이 잠깐 다녀가신 걸까. 할머니에게서 외모와 손재주를 물려받은 내게 할머니가 마음의 눈에만 보이는 빛의 세계를 보여주려 하신 걸까. 그날 이후로 바느질 작업에 새로운 힘이 샘솟는 듯했다. 몸 안에 물무늬 같은 기쁨이 출렁거렸다. 타히티의 하늘빛을 본 마티스처럼.

그리고 그날 이후 나는 밝고 환하고 명랑한 색을 쓰게 되었고, 아기의 살결처럼 보드라웠기에 오히려 두려워 하던 명주를 드디어 손에 쥐고 바느질을 하게 되었다. 자연의 빛을 흠뻑 머금은 채 시치미를 뚝 떼고 있는 꽃인 양, 함초롬한 얼굴의 아름다운 명주⋯. 내 바느질이 이제 다시 새로운 시작을 맞이할 것만 같았다.

누구에게나 마음의 눈에만 보이는 빛이 있다. 순간 비치었다가 사라져 버려서일까. 분명 모든 사람이 각자 그 빛을 보았음에도 불구하고 기억을 하지 못한다. 그냥 스쳐 지나가 버린다. 영감을 얻듯 살다가 문득 빛을 얻을 때가 있다. 나는 그것이 하늘의 말, 나무와 꽃들의 말, 그리고 우리보다 앞서 살다간 어느 한 영혼의 말이라고 생각한다. 빛을 만난 그들의 이야기를 바느질로 들려주고 싶다.

물봉선 편지

야트막한 개울물

잔돌멩이

구르는 소리

덩굴 손

팔랑팔랑

게으른 부채질 소리

숲 쪽방에선

실 당기는 소리

청분홍 물봉선
노란 진동싸리
물바라기로
하루가 지네

이곳은 또 다른 나의 숲 속 방입니다. 나무들이 저의 생각을 초록색으로 표현하는 것처럼 저도 숲 속 작은 방에서 커다란 감물들인 천에 꽃모시 잎사귀 모양을 꿰매고 있어요. 엽새우랑 나눠 먹으려고 개울에 사과 한 알도 담가 놓았습니다. 바느질하다가 힘들면 쪼그리고 누워서 책을 보기도 합니다.

물, 바람, 풀벌레, 새들의 소리가 요란하다가 '뚝' 하고 꺼질 때가 있습니다. 숲 속에도 시간이 멈춰 서는 순간이 있지요. 고요한 그 잠깐의 시간이 어쩌면 꽃이 피어나는 순간일지도 모르겠다고 생각했습니다.

혼자서 나도 모르게 웃기도 하고 눈가에 눈물이 고이기도 하고 몸이 찌릿 저리기도 했습니다. 그러다 문득 홀로 핀 물봉선이랑 눈을 맞추게 되었습니다.

'가장 좋은 날은 다시 오지 않지. 가장 사랑하는 이도.'

물봉선이 웃으며 그렇게 말하고 있었습니다. 그래요. 지금 이 순간이 가장 좋은 날이지요. 지금을 사랑할게요. 지금의 나와 당신을 말이에요. 짧게 피었다 지더라도 살아가는 동안 얼굴에 연지곤지 찍어 바르고 입술 붉게 화장하고 언제나 수줍은 물봉선처럼 서 있을게요. 요염하면서도 청초하게 말입니다.

물봉선 촉촉이 젖은 입술을 바느질에 옮겨 당신께 드리고 싶습니다.

황금별꽃이 내리는 숲

나무 아래 누워 흔들리는 이파리들을 바라본 적 있니? 푸른빛 화면에 초록색으로 콜라주한 그림이지만 가만히 있으면 그 사이사이에 햇빛이 비집고 들어와 대롱대롱 별을 매단단다. 반짝이는 금별, 은별을….

처음에는 나에게만 보이는 줄 알았어. 그리운 할머니의 영혼이 나와 얘기하러 온 거라고 생각했어. 어느 여름날 수리산으로 휴가 온 콩이와 바느질감을 들고 산속 집에 갔을 때, 나무 아래에 놓인 등나무 침상에 나란히 누워 있는데 콩이가 몹시 놀란 듯 속살거렸어.

"언니, 혹시 내가 보고 있는 거 언니도 보고 있어요?"

"아, 황금별꽃?"

"뾰족하고 가는 잎사귀들이 아주 촘촘히 둘러싼 가운데에 황금 빛 심지가 있어요. 그런 꽃이 무수히 많아. 게다가 어떤 투명한 줄에 매달려 오르락내리락거려. 솔꽃 모양, 층층나무 꽃 모양…."

우리는 너무 아름다운 모습에 숨도 못 쉬고 눈동자만 굴릴 뿐이었어. 금꽃들…. 클림트의 붓끝에서 나온 듯한, 세공한 금 부스러기보다 더 황홀한 금꽃들이 명멸하여 눈이 부셨지. 달은 실컷 자다가 저녁에 깨어나자마자 하늘에 은하수만큼 많은 별을 뿌린데. 안개를 뿌리고, 소리를 몰아내고, 좋은 꿈의 씨앗들을 뿌리고…. 밤새 수많은 일들을 하다가 새벽이면 다시 새들을 풀어놓고, 별들을 거둬들이고 마지막으로 호수의 물거울에 제 얼굴 예쁜지 비춰보고 잠자러 간데. 그런데 나뭇잎들에 걸려 있어 미처 거둬들이지 못한 별들이 있었던 게야.

나무 아래 누워 흔들이는 이파리들을 바라보고 있으면 보인단다. 반짝반짝 반짝이는 금빛 은빛 별들…. 너무나 아름다운 보석이야.

아름다움은 어딘가에 꽁꽁 숨어 있지만 누구나 볼 수 있단다. 보거나 들을 수 있으나 말로 표현할 수 없는 것들을 꿰어 보여주

'제비들이 공작새보다 화려하고 강아지가 황갈색 사슴보다 빨리 달리는 곳, 꿀벌에 침이 없고, 말들이 독수리의 날개를 달고 태어나는 곳.' 그런 곳을 바느질해볼게.

고 싶어. 시인 로버트 브라우닝의 글 중에 다음과 같은 문구가 있어. '제비들이 공작새보다 화려하고 강아지가 황갈색 사슴보다 빨리 달리는 곳, 꿀벌에 침이 없고, 말들이 독수리의 날개를 달고 태어나는 곳.'

그런 곳을 바느질해볼게.

꽃들아 새들아

'빨간 꽃에서 화성을, 희고 노란 꽃에서 목성을, 그리고 파란 꽃 속에서 토성을 볼 수 있고, 푸른 잎 가운데서 해를 볼 수 있다' 고 오스트리아의 과학자 슈타이너는 말했다.

아침 숲 속에 꿇어앉아 목성의 별빛을 받아 피어난 피나물을 들여다본다. 아, 이 우주의 얼굴! 여기에 어떤 말을 더 보태랴! 이런 날은 내가 하는 일에 대해서도 다시금 생각해본다. 저런, 화장을 마친 꽃들이 숲 여기저기에 내던진 티슈만도 못한 바느질이라니!

모싯빛 꽃들아! 명줏빛 새들아! 너희 동리에서 나는 귀머거리 장님이로구나. 두 귀 쫑긋 세워도 꽃의 말 들을 수 없고 두 눈에 힘 꼭 줘도 새들 기분 알 수 없네. 사람들과 서먹하게 지내는 건 괜찮지만 너희 말 모르면서 친한 척하려니 낯부끄럽다. 조금 더 가까이 와주겠니?

　조금 더 크게 말해보려무나. 꽃보다 잘난 거 없고 새보다 아는 것 없는데 그래도 괜찮다면 친구로 받아주겠니? 조그만 공기주머니로, 이슬 정도 담을 물주머니로 어떻게 그렇게 곱고 예쁘고 기특하게 사는지 내게도 가르쳐주지 않으련?

　내가 좀 더 작아질게. 내가 좀 더 낮아질게. 꽃들아! 새들아!

숲에서 숲으로

　수리산 장수옹달샘의 손수건만 한 지붕 아래, 나무들처럼 비스듬히 서서 바람에 흔들리며 비 오는 숲의 색채들을 바라봅니다. 사방팔방 수만 겹의 비안개가 드리워 한 치 앞도 보이지 않습니다. 방수 점퍼를 입고 주머니에 사진기와 수첩과 펜만을 넣은 채 제 영지에 들어서듯 성큼성큼 산길을 오르는데 어느 박물관 옛 민화에서 걸어 나온 듯한 새가 느긋하게 걷다가 화들짝 뒤로 물러서는군요. 비 오는 날은 산식구들만의 숲, 사람은 사절한다는 사실을 잊었습니다.

　으름덩굴 꽃이 지고 굴참나무가 가지째 뚝뚝 떨어집니다. 그러고 보니 지난해 발이 푹 빠지도록 수북하던 묵은 잎이 어느새 검고 포실한 흙으로 돌아가고 있습니다. 젖은 흙을 만지작거리며 나도 이 순환에 동참하리라, 주소는 마을에 두었으되 많은 시간 숲을 어슬렁거리며 지내리라 다짐합니다.

눈부신 초록의 숲을 한 장 한 장 숙독하며 읽겠습니다. 하루하루 한 순간 한 순간 좋은 글을 입 안에 넣어 굴리듯 음미하려 합니다. 자연의 책만큼 더 좋은 책은 없으니까요.

숲이 들려주는 연주

사랑니를 앓느라 밤새 신음하며 잠 못 이루던 딸아이를 학교에
데려다주고 차를 몰아 산으로 간다. 가는 비가 내린다. 몸에서는
콩닥콩닥 장구 가락이 흘러나온다. 산을 오르는데 탭댄스라도 추
는 것 같다. 흙을 밟을 때, 이 돌에서 저 돌로 건너뛸 때, 물웅덩이
를 찰 때, 리듬에 맞춘 발걸음이 경쾌하다. 비 오는 숲 속은 그 전
체가 악보이자 아름다운 생음악장이다. 그래서 나는 비가 오면 어
김없이 산속 숲으로 간다.

잣나무 숲에 들어서니 벌써 음악회가 시작한 모양이다. 소리
나는 모든 기기를 끄고 우산을 들고 살금살금 자리를 찾아 들어
간다. 쭉쭉 뻗은 잣나무 숲 안에 있는 나무 침상 세 개 가운데 하

나에 가서 눕는다. 음악회가 아니라도 거긴 원래 내 자리니까. 언제나 그곳은 잣나무 잎 사이로 지도 모양의 하늘이 뻥 뚫려 있고 텔레비전으로 보는 것처럼 파란 화면 위에 구름이 지나간다. 오늘은 물뿌리개를 단 회색 구름이 떠 있다. 하늘의 바탕색과 그곳을 지나는 구름의 색은 날마다 조금씩 바뀐다. 우리들 마음이 그러하듯.

눈을 살며시 감고 귀를 최대한 열어 숲이 연주하는 소리를 듣는다. 오늘 연주곡은 〈7월. 아침 숲의 합창〉이다. 생각나는 대로 내가 그렇게 붙인다. 지휘자는 고동색 정장을 하고 서 있는 잣나무. 지휘봉 끝에 청록빛 잣송이가 대롱대롱 매달려 있다.

수리산 슬기봉 합창단원들은 다음과 같다. 뻐꾸기, 두견이, 쏙독새, 파랑새, 종다리, 할미새, 소쩍새, 직박구리, 딱새, 지빠귀, 휘파람새, 숲새, 삼광조, 오목눈이, 박새, 동고비, 동막새, 멧새, 되새, 참새, 찌르레기, 꾀꼬리, 까마귀….

모두가 이 숲 저 숲에 앉거나 서서 각기 제멋대로 불러재끼고 있다. 장구채, 배초향, 범의꼬리, 천남성은 꿀잠을 깨우는 게 싫은지 고개를 절레절레 흔든다. 풀빛 물소리와 실바람이 골골을 누비며 하모니를 맞추기도 하고 가끔씩 불쑥 뛰어나온 참개구리가 멋진 저음으로 랩을 넣어주기도 한다. 아! 이 소리 소리들, 반복적인 도시의 기계음과 악다구니 목청과 뛰뛰빵빵 매연 섞인 클랙슨 소리가 아닌, 숲이 연주하는 저 소리들…. 우리 영혼을 맑게 해주는 것은 소리들. 비단 숲이 뿜어내는 피톤치드뿐만이 아니라 숲이 내는 소리들도 분명 우리의 영혼을 씻어주고 잠재되어 있던 기억과 창의력과 예지력을 키워준다. 푸른 싹을 틔워내듯이 말이다.

어릴 적에 비가 오면 처마 밑에 물 떨어지는 소리를 들으며 도레미파솔라시도 리듬을 떠올리기도 하고 떨어지는 간격 사이에 잊혀진 것 같으면서도 되살아날 것 같은 기억들을 더듬어보곤 했다. 그것은 마치 엄마 뱃속에 들어 있을 때 나는 심장 소리 같기도 했고 그 이전에 아주 오래 전에 어디선가 누구를 기다리며 세던 시간 같기도 했다.

비 오는 숲에 오면 나는 그런 것들을 기억해낼 수 있을 것만 같다. 소리에서 연상되는 10년 전, 20년 전, 아니 더 오래 몇 백 년 전 나는 이 숲의 잣나무였을까? 거북꼬리에 앉아 있는 노린재나 꿀풀의 꿀을 빨던 꽃등에들과 친구는 아니었을까?

비가 오면 숲으로 가자. 저 거대한 도시에서 소시민의 삶을 사는 지친 도시인들에게 나는 권하고 싶다. 비 오는데 우산 들고 산으로 가면 미친 사람인 줄 알겠지만 비 오는 산은 눈 내리는 산만큼 아름답다. 우리들의 오감을 일깨우는 숲…. 숲에서 나오니 숲이 보인다는 어느 음유시인의 노래처럼 숲으로 가면 당신이 살던 도시가 보일 것이다.

비가 내린다. 비가 내려도 숲은 젖지 않는다. 오직 우산을 쓰고 있는 사람들만이 젖고 있을 뿐이다. 네 뼘 우산 위로 떨어지는 맨발의 빗물, 빗물들이여, 내 영혼도 그렇게 자유롭게 뛰어놀며 내리고 흘러가길….

가을 예감

한여름 땡볕을 피해 석수 도서관에 갔다. 도서관으로 피서 온 아기, 어린이, 어른들이 커다란 에어컨 앞에 엉거주춤 모여 있다. 머리에 김이 날 정도의 불볕더위에는 발길이 저절로 어린이 서가로 향한다. 아이들이 시루떡처럼 소파에 몸을 늘어뜨리고 글자에 눈을 꽂고 있다. 《나무열매 친구들》이라는 일본작가의 그림책을 골랐다. 책 대여하는 기계가 반납일이 적힌 종이 혀를 내밀지 않는다. 모두 더위에 지쳐버린 모양이다.

갑자기 시원한 비 화살이 쏟아진다. 책을 안고 쏜살같이 차에 뛰어드니 차 안은 가마솥이다. 지붕에서 김이 모락모락 나는 차를 몰며 회심의 미소를 짓는다. 지금쯤 수리산 계곡에서 나무그늘에 누워 영화 속 한 장면을 연출하거나 동양화를 그리던 사람들이 소나기를 피해 모두 산에서 내려갔겠지.

수리산 삼림욕장 입구. 햇볕은 쨍쨍하고 모래알은 반짝인다. 휴가철에는 산에서도 진귀한 모래알을 볼 수 있다. 해변가의 모래가 묻은 신발이 산에도 놀러온 것이다. 국시 아주머니가 수박 반의 반쪽을 들고 정자에서 내려온다. "산에는 비 안 왔어요?" "한 방울도."

양산, 그림책, 모기향, 수첩, 펜, 수건, 지갑, 손전화, 휴지, 긴팔, 반짇고리, 먹을 것을 바구니에 차곡차곡 담아 국수차로 간다. 아주머니가 부침개 한 장 매콤하게 굽는 동안 허락 없이 설탕 안 넣은 진한 커피를 탄다. 단골의 특권이다.

대낮부터 술 드시는 아저씨는 춤바람 난 아내를 결국 보내줬다며 눈시울을 붉힌다. 아, 누구나 사랑 앞에선 백지다. 모든 걸 단숨에 무(無)로 돌려놓는다. 지나친 기쁨과 지나친 슬픔은 책장의 앞뒤와 같아 늘 붙어 다닌다. 생(生)이라는 골치 아픈 책을 몇 쪽이라도 숙독한 사람은 기쁘다고 마냥 기뻐하지도 않고 슬프다고 마냥 슬퍼하지만도 않는다. 마음 깊이 흐르는 강물에 띄워놓은 조각배가 흔들리듯이 운명 앞에 포복할 뿐이다.

찍어 먹을 양념장 대신 신 열무김치를 달라고 한다. 수박도 한 쪽 얻어먹는다. 아, 이 단맛은 수박의 노력이라기보다 기름진 흙과 햇볕, 비, 농부의 땀방울이 모여 만든 것일 터. 나도 단 사람이 되려면 친구, 이웃, 가족들의 사랑이 필요하겠지. 그런데 나는 그들에게 사랑받을 만한가.

숲 속 계곡 아지트. 층층나무가 잎을 나눠 적당히 가려준 나지막한 공간이다. 도톰하게 자리를 깔고 머리맡에 양산을 펴놓으니 금세 아늑한 침실이 만들어진다. 누워서 손을 뻗으면 나무들의 손거울인 물웅덩이가 만져진다.

바위틈에서 졸졸졸 물이 새어 나오는 귀여운 소(沼). 마치 하루 종일 클래식만 나오는 라디오처럼 물소리는 달콤한 낮잠에 빠지려는 순간조차 전혀 끄고 싶지 않은 명반이다. 물의 음파가 레이스처럼 퍼지다 지워지는 지점에 자두, 참외, 생수통을 담가놓는다. 세수를 하고 발을 담그니 몸이 물미나리처럼 싱싱해진다.

커피를 마시며 그림책을 연다. 어린 시절 한 권도 읽지 못했던 그림책을, 할미가 되려는 나이에 읽고 행복을 느낀다. 스스로 볼을 쓰다듬어주며 읽기도 한다. 나는 내가 갖고 싶었던 엄마를 내 안에 살게 했다.

산에 가자는 내 말에 딸아이는 모기가 물어 싫다고 했다. 첫 목
련의 기쁨을 알고 자벌레의 설교에 귀 기울이는 자연의 아이로 키
우고 싶었는데 모기가 방해할 줄이야. 벌레에 물린 다리를 찬물에
씻고 산신이 내려준 이불, 보풀보풀한 강보에 싸인 아기가 되어
뒹군다. 씨줄 날줄 시원한 바람 넣어 베를 짜다가 한 가닥 흘렸는
가. 오싹 한기가 느껴져 눈을 뜨니, 긴 다리 거미가 내 검정고무신
을 기어오르느라 안간힘을 쓰고 있다.

어제 라디오에서 이 더위에 밖에서 일하시는 분들 전화 좀 주세
요, 하니까 통도사에서 기와 얹는 사람, 찜질방에서 불 때는 사람,
고층 아파트에 매달려 실리콘 쏘는 사람이 전화했는데, 거미도 저
홀로 참 애잔히 살고 있구나. 애잔한 우리에게 입히려고 산은 가
을 옷 지을 형형색색의 실을 물들이고 있다.

지나간 시간을 꿰매주는 바느질

영화 〈길〉의 주제가, 렛잇비미, 베사메무쵸…. 은빛 트럼펫을 들고 온 남자가 산을 흥건히 적신다. 작은 계곡으로 내려가 세수를 하고 바느질감을 꺼낸다. 한 땀, 또 한 땀 속에 슬픈 멜로디와 새소리, 물소리가 스며든다. 그리하여 오래 걸린 바느질에는 온갖 소리와 냄새, 상념이 실과 함께 꿰매어진다. 접어두었다 펼치면 새 떼처럼 날아오르는 추억들, 누벼 놓은 조각이불 안에는 천 조각을 매만지던 시간이 고스란히 들어 있다. 시간은 흔적 없이 사라지지 않는다.

편지를 쓰려고 펜을 찾으니 웬일인지 보이지 않는다. 두터운 일기장에 손을 얹고 멍하니 앉아 있다. 휴대용 반짇고리 안에 늘 들어 있던 4B 몽당연필마저 어디론가 사라지고 없다. 처음엔 양손이 묶인 것처럼 갑갑했는데 이내 포기하고 대신 눈과 귀의 볼륨을 높인다. 황금빛 햇살이 병정처럼 우뚝 서 있는 나무에게 머물다 천천히 지난다. 해는 뭘 내려놓고 간 것일까. 나무들이 부탁한 게 무엇이었을까. 털실 열두 뭉치, 수채화 물감 한 갑, 생수 여섯 통, 주머니 난로, 연고….

바늘길이 잘 보이질 않아 주섬주섬 배낭을 꾸려 나무 침상으로 자리를 옮긴다. 트럼펫도, 닭살 연인도 모두 내려가고 나니 구름 텔레비전이 비로소 내 차지가 되었다. 출고 당시부터 채널이 고정되어 있으니 그저 눈을 꽂기만 하면 된다. 학창 시절 교회에서 성경 안에 문고를 끼워보던 버릇이 아직도 남아 최초의 신화 《길가메쉬 서사시》에 갈피갈피 구름 지나는 하늘을 끼워 넣고 오물오물 씹어 먹는다. 이른바 구름빵 샌드위치다.

어라, 저런 구름은 처음 본다. 하늘을 나는 용의 이빨 사이에서 새어나온 선홍빛 구름이, 백조의 호수에서 발레리나들이 오른편 무대 뒤로 사라지기로 약속한 듯이 우아하게 발끝으로 지난다.

숲에서 본 햇살도 왼쪽에서 오른쪽으로 부챗살로 접혔다. 누가 부르는 것 같아 뒤돌아볼 때 무의식적으로 오른쪽으로 고개를 돌리는 것은 그쪽 방향 어디쯤에 우리가 그리워하는 것들이 무덤 위의 반딧불처럼 모두 모여 살고 있기 때문이 아닐까. 지금 손가락 사이를 막 빠져나간 시간도 우리의 오른쪽 어디쯤으로 달려가고 있으리라.

영화감독 타르코프스키는 '영화는 시간의 모자이크이고 감독은 시간을 조각하는 사람'이라고 했다. 바느질이야말로 그렇다. 뭉게뭉게 피어오르는 지난 시간을 자은 실로 잇고 꿰매고 누비는 것이다.

작은 도넛구름까지 모두 지나갔다. 구름 텔레비전의 정규 방송이 끝난 것이다. 갑자기 자그마한 소리까지 들리는 귀청이 저절로 열린다. 나는 숲의 어둠이 내 두 귀를 잡고 들어올려 까칠한 뺨으로 문질러줄 때까지 웅크린 채 태초의 적막을 물끄러미 바라보고 있었다.

그리운 사랑이 돌아와 있으리라

아침 8시 버스를 타려고 젖은 머리도 말리지 못한 채 집을 나선다. 배낭 안에는 찐 고구마, 커피, 사진기, 영주시 지도, 관조스님의 사진집까지 들어 있어 제법 무겁다. 버스에 세 사람밖에 타지 않아 히터를 틀어 달라는 말도 못하고 추위에 대비한 모든 장비를 두르거나 끼고 앉았다. 두건에 모자까지 썼으나 창밖에 머리를 내놓은 것처럼 찬바람이 인다. 이제야 생각이 났다는 듯 콧물이 한 방울 뚝 떨어진다.

영주에 내려 한자리에서 뱅뱅 돈다. 덕현리 가는 버스가 오후 2시에 있는데 맙소사 겨우 10시 30분이다. 빨리 가고 싶어 애달아하며 좀머 씨처럼 걸었다. 시골 정류장에 앉거나 서 있는 사람 중에서 가장 지적으로 보이는 사람에게 지도를 보여주며 성혈사에 가는 다른 방법이 있는지 진지하게 물었다. 그런데 이 남자가 갑자기 일어나더니 활개를 쳐가며 뭐라 하는데, 한 마디도 못 알아듣겠다. 벙어리였다. 세상에, 난 길치이다 못해 인치였던 것이다.

"조짜로 가서 부석 가는 차 타시더."

친절한 아줌마가 일러주는 대로 버스 종점에 가서 부석이라 쓰인 차에 올라탔다. 출발 직전에 순흥에서 좀 내려주면 안 되냐고 애교를 섞었더니 그리로 지나는 차는 따로 있고 내린 후에도 산을 하나 넘어가야 하니 걸어가기는 힘들 거라고 한다.

다시 내려 택시를 잡는다. 요금이 얼마쯤 나오느냐고 물으니 1만 6천원쯤 나올 텐데 1만 2천원에 해준단다. 도시에서라면 배를 요구할 텐데 먼저 깎아주는 착한 기사님. 택시를 타고 한적한 시골길을 달리는데 아저씨가 성혈사에 관한 얘기를 들려주신다.

도둑 없는 마을, 빨간 사과의 마을, 덕현리. 성혈사 표지판을 보고 내리며 1만 5천원을 드리니, 올 때 차 없으면 부르라며 전화번호를 주신다.

볼이 탱탱 언 사과 한 알 빠끔히 내다보는 사과밭을 지나 시냇물에 마음귀 씻으며 산길 오른다. 산새들이 장 보러 나와 주절주

좌협간은 솟을 빗살에 여의주 꽃 모양이고 우협간은 그 위에다 아가씨의 볼 같은
모란꽃을 탐스러이 피워냈다.

절 수다에 한창이고 나는 철부지 공양주 보살처럼 하늘 가득한 산 열매들을 지퍼백에 따 담으며 게으른 산행을 했다.

오리나무, 밤나무, 소나무, 명감, 산사나무, 노박 덩굴, 댕댕이 덩굴, 청가시 덩굴, 누리장나무, 참회나무, 주목 등이 만들어낸 밤색, 진땅색, 주홍색, 검정색, 투명빨강색의 열매들로 가을열매 샐러드라도 만들어 부처님께 공양 올리겠다는 듯이. 아, 놀라워라, 좀작살나무 열매의 연보랏빛!

해가 따라오며 등을 밀어주었나? 등 따스운 이 길은 까마귀가 기왓장을 물고 먼저 와 있었다던 전설의 명당자리로 드는 길이다. 왼쪽 귀에 속살거리던 물소리가 오른쪽 귀로 옮겨가자 이등변삼각형의 하늘이 열리고 풀숲에 작달막한 청록의 달마상이 일주문 사천왕을 대신하여 눈 허옇게 뜬 채 길목을 지키고 있다. 한달음에 내달려 나한전 앞으로 간다.

1553년에 지어진 나한전은 배흘림기둥 사이에 있는, 여섯 문짝에 어여쁜 꽃지게를 풍덩 베풀어놓았다. 누구의 솜씨인지 보아도 보아도 감탄스럽기 그지없다.

좌협간은 솟을 빗살에 여의주 꽃 모양이고 우협간은 그 위에다 아가씨의 볼 같은 모란꽃을 탐스러이 피워냈다. 한가운데 문 두

147

짝의 얼굴은 연화세계이다. 극락에 있다는 보배 연못에는 아름다운 청련화, 홍련화, 백련화가 서로 어울려 찬란하게 빛나며 피어난다는데 이 연꽃들은 무슨 빛깔일까? 이제는 화장 지워 말갛게 씻은 얼굴이다.

저 깊은 곳에서 쭉쭉 올라온 줄기 끝에는 연꽃들이 벙긋벙긋 피어 있고 경배하듯 연잎들이 하늘을 우러르거나 고개를 수그려 합장하는 순간, 연 줄기 사이를 무심히 지나던 물고기와 게들이 수백 년의 세월 동안 거기 그대로 멈춰 섰다. 용은 승천을 포기한 지 오래고 우아하게 옆 연못 연인에게로 건너가던 해오라기도 눈망울에 이슬을 매달았고, 물고기의 꼬리를 포착한 눈 밝은 큰 물새는 허공에 거꾸로 박힌 채 영원이 되었다.

그때 꿈만 같았던 세상은 한 컷 사진으로 찍혀 여기 하늘 문에 매달려 있다. 저기 오른편 못 아래께 감탄사처럼 살아 움직이는 연꽃동자를 보라. 천년 고요 속으로 연잎 배, 연꽃 봉오리 노 저어 유유히 흘러가고 있네.

붉은 양귀비꽃 사이로 난 길을 천리쯤 내려가면
길도 없는 모래벌만 또 천리가 있느니라.

길도 없는 모래벌로 또 천리를 가면

늪 속의 뻘밭의 수렁길이 있느니라.

그 수렁길 걸어 내려가면

이윽고 어두운 땅 끝이 나서고

천지에 연꽃 가득 핀 그리운 세상이 있느니라.

가서, 거기 가서 네 왼몸 달아오르는 피,

연꽃으로 한 천년쯤 피 흘리고 있으면

그리운 사랑이 돌아와 보이리라.

네 피의 붉은빛은 다 가시고

몸 밝은 연꽃 말씀만 남아

그리운 네 사랑이 돌아와 있으리라.

　　　　　　—권국명의 시 〈그리운 사랑이 돌아와 있으리라〉

　연꽃동자를 어루만지던 손이 시려올 무렵 아래 공양간에서 할
머니 한 분이 들어오라 손짓하시더니 떡과 과일을 주며 자고 가라
하신다. 이따가 보름달이 둥실 떠오를 때 함께 기도 올리자며 옷
깃을 잡는다.

　기도보다 밥 한 끼가 급한 수험생을 둔 어미인지라 해 저물기

전에 발걸음을 돌렸다. 다시 길 위에서 서성인다. 마을 사당 옆에서 장작을 패던 할아버지가 한 시간 반 정도 기다리면 차가 온다며 자식자랑 보따리를 풀어놓는다. 택시를 부를까 했는데 한두 시간쯤이야 기다리고 말고 할 게 뭐 있느냐는 할아버지의 저 유유자적한 삶, 불쑥 이 마을에 방 한 칸 얻고 싶어진다.

장작이 튀면 다칠 수도 있고 또 날도 추우니 파란 기와지붕 집으로 들어가 기다리라 하신다. 마당에 들어서니 착한 송아지가 눈썹 내리고 보는 곳에 할머니가 야생국화를 쌓아놓고 꽃을 따고 계신다. 차를 만들어 자식들에게 보낼 거라며 큰아들 자랑부터 하신다. 이상도 하여라. 조금 전 할아버지께 들은 얘기와 순서까지 똑같았다. 막내가 서울시 공무원이 된 것은 순전히 성혈사 부처님 덕이라는 것까지.

어찌된 일일까. 낮 동안 쪼갠 장작으로 뜨끈히 지핀 저 문간방에 좁은 요 깔고 누워 주름투성이 두 인생이 한 생으로 포개질 때까지 밤새 말을 맞추나 보다. 영원으로 가는 사랑이란, 어젯밤 들은 얘기라도 오늘밤 새로 귀 열어 들어주는 일인지도 모른다. 송아지에게도, 국화에게도, 잠시 쉬어가던 길손에게도 두런두런 들려주는 한세월 좋은 소식, 그것이야말로 복음이 아닐까.

집으로 돌아와서 달아오르는 피를 수혈받은 양 가슴 두근거리며 바느질을 한다. 하얀 모시 위에 잇분홍 초롱옷 입은 연꽃동자를 돋을 새겨 공그르기하고, 소목 진하게 물들인 손무명 위에 치잣빛 해오라기 한 쌍 도려내어 촘촘히 감쳐준다. 그러는 동안 몸 밝은 연꽃 말씀으로 내 그리운 사랑도 돌아온다.

마음에 자연을 찍으러 갔다

　야생화 사진작가에게만 보이는 투명달력에 따르면, 5월 첫 주에는 진분홍 얼레지 공주님을 만나러 함백산에 가야 한다. 9월 초순에는 바위 벼랑에 핀 청초한 금강초롱 아씨를 만나러 한계령에 가야 한다.

　내게도 그런 달력이 있다. 온 세상이 눈에 덮이면 동해에서 출발하는 새벽 기차표를 끊는다. 검푸른 하늘빛이 조금씩 벗겨지는 가운데 생크림 거품 같은 눈송이가 솔솔 내리는 모습을 보고 싶어서다. 여름 내내 갖은 초록빛으로 우리를 숲으로 불러들이던 나뭇잎들이 가장 예쁜 옷을 차려 입고 이제는 헤어지자고 손을 내미는 백양산은 늦어도 11월 첫째 주에는 가야 한다.

일찍 집을 나서기만 한다면 11시에는 백양사 역사에서 보온병에 뜨거운 물을 채울 수 있다. 수원역에서 7시 36분 목포행 열차에 오른다. 열차가 출발하면 삼각김밥에 잎차를 후후 불어 마시며 몸곁으로 지나가는 풍경들에 푹 빠진다. 가져온 책은 펼치지도 않는다. 여행은 그런 것이다.

홍길동의 고장 전남 장성 백양사역에 내리니 시간당 한 대 있는 버스가 막 떠나서, 택시를 탔다. 산 아래 마을과 밭들을 품에 들이고 침묵하고 있는 거대한 장성호를 지나 단풍나무 길에 들어선다. 평일인데도 사람들이 많다. 기사가 추천해준 식당에서 산채정식을 시켜 남기지 않고 먹는다. 나중에 먹을 단감이랑 곶감도 사서 배낭에 넣고 사진기를 목에 건다. 주차장에서 춤추며 노는 사람들, 단풍잎에 풍단 패를 맞춰 보는 사람들을 지나니 비자나무 숲이 펼쳐졌다.

제주도 비자나무 숲에 갇혀본 사람은 알 것이다. 오래된 비자나무는 '침묵의 세계'로 들어가는 문을 지키는 수문장들이다. 그들은 인간의 언어를 빼앗기 위해 그곳에 있다. 감탄사만 남는다. 비자나무 숲은 그만큼 아름답다. 언어만 뺏은 것이 아니다. 색동저고리를 입고 하늘로 오르려는 작은 단풍별빛에 눈이 먼다. 그리고 점점 소리조차 들을 수 없게 된다. 발자국이 남지 않아 이대로 사라져도 모를 비자나무 숲.

새 크레파스 뚜껑을 처음 열어 뿌연 기름종이를 살짝 들췄을 때 예쁜 색상환이 차례대로 놓여 있는 것이 너무도 예쁘고 신기해 깜짝 놀랄 때가 있다. 그런데 여기, 갓 태어난 아기의 손바닥만 한 잎사귀 한 장에 무궁무진한 색 스펙트럼이 펼쳐져 있다. 나무 한 그루가 그러하고 넓게는 산 전체가 그러하다. 과학자들이 말하는 신비로운 프랙털 이미지다.

눈에, 마음에 이 모든 빛깔을 담다 지쳐 너럭바위에 쓰러져 누웠다. 겨울잠에 들어가는 산짐승처럼 잣, 호두, 밤, 감 따위를 오물거리며 자연이 만들어낸 색의 오묘함에 찬사를 보낸다. 그러다 문득 잠이 들었던가. 솔잎이 바느질을 하며 향기로운 숲을 만들어내는 꿈 같은 것, 별빛으로 달빛 담요를 짜는 거미가 흘러간 사랑을 비춰주는 동화 같은 것, 손바닥만 한 단풍잎이 이불이 되어주는 아늑함 같은 것…. 자연 속에서의 짧은 잠은 늘 그렇게 행복하다.

개운하게 잠에서 깨어나, 한 마리 학이 되어 백학봉에 사뿐히

올라앉아 목을 축이고, 산에서 내려온다. 백양사 대웅전 마룻바닥에 앉아 수미산으로 데려다줄 천마 모빌들을 세심히 보다가 마음으로 사진을 찍어둔다.

계절별로 꽃을 보러 가야 하는 야생화 사진작가처럼 나도 내 마음에 사진을 찍으러 가는 나만의 계절이 있다. 그곳은 자연 속이다. 그 속에서 나도 나무처럼 탄소동화작용을 하고 싶다.

햇빛 바느질

숨 고르고 생각하러 책과 바느질감을 들고 숲으로 들어가곤 했다. 그곳
에도 길은 열려 있었다. 꿈같이 가물가물한 그 길을 따라가면 어릴 적
나도 만나고, 더 이상 볼 수 없는 얼굴도 보고, 그리운 사람들과도 조우
할 수 있었다.

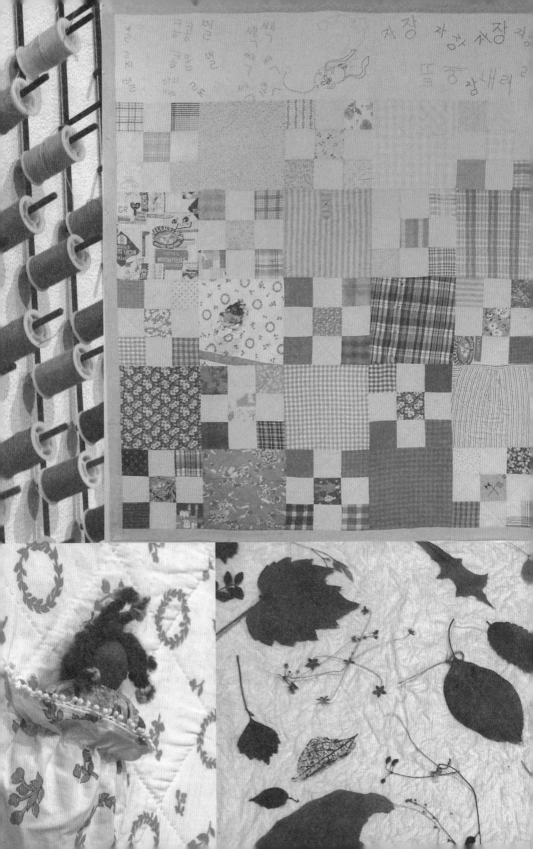

어른들은 물론이고 아이들도 천연 염색을 통해 자연을 새롭게 발견하고,
한걸음 더 나아가 우리 전통에 대해 배울 수 있으면 얼마나 좋을까.

옛 어머니들이 단 하루, 돌날 입힐 옷에 壽(수)와 福
(복)뿐만 아니라 囍(희)를 즐겨 수놓은 뜻을 알겠니?
어미의 정성으로 지나가던 수와 복과 희를 내 아기 옷
자락에 꽁꽁 붙잡아두고 싶은 간절함이었단다.

나무를 닮은 사람

산사나이들은 잠이 없다. 나무처럼. 서울 정릉에서 태어나 일년에 1킬로미터씩 밀려 지금은 의정부에 산다는 그가 안양역에 도착한 것은 아침 7시 10분. 그는 산행 나무 지도를 만들고 있다. 수리산이 명산임을 알아보고 집필중인 책에 넣기로 했단다. 밥상을 차리는 둥 마는 둥 앞치마를 던져버리고 따라붙었다.

별명이 경운기인 내 차를 스포츠카인양 몰아 기다리는 곳으로 갔으나 풀 한 포기 그림자도 없다. 전화를 해보니 버스를 탔으니 정류장으로 오란다. 마음만은 10대인 그는 얼굴이 더 까매져 있었다. 얼마 전 식물 탐사로 몽골에 다녀왔다고 한다.

나는 그를 '선생님'이라고 부르지만 자연에서 걸어 나온 키 큰

나무만 같아서 거리감이 느껴지지 않는다. 가게에서 **빵** 두 개를 사서 배낭에 넣고 수리산에 오른다. 산에는 비안개가 자욱하다. 그는 구식 녹음기를 꺼내 나무 아래에서 속삭인다.

"산림욕장으로 1킬로미터, 넝쿨 터널을 지나서…."

이끼류 내복을 입고 폼 잡고 있는 버드나무 사진을 찍으니 은사시가 놀란 듯 다이아 반지 같은 눈을 부릅뜬다. 새벽 폭우에 샤워한 나무들에서 버섯향 비누 냄새가 진동한다. 거미는 거북꼬리와 이삭여뀌 사이에 하얀 레이스 이불을 내걸었다. 루페로 들여다보다 성큼성큼 앞서간 그를 뒤쫓는다.

그는 숲으로 숨어들어 나무로 변장한 범인이라도 잡겠다는 듯이, 비에 젖어 나달나달한 나뭇잎 한 장을 들고 콜롬보처럼 생각에 잠겨 있다. 땅에 떨어진 나뭇잎이나 열매, 꽃잎을 보고 주위에 무슨 나무들이 있는지 아니까 굳이 나무를 보려고 고개를 들어 하늘을 바라보지 않아도 되는 것이다. 그가 식물학자보다 위대해 보였다.

그는 지상에 존재하는 나무에 관한 책들을 읽기 위해 한문, 일어를 독학했고 한의학에도 조예가 깊어 산행 중 민박집에서 침술과 고춧가루 파스 등 민간의술을 펼치곤 한다. 숲에서는 뒤지고,

이곳은 또 다른 나의 숲 속 방입니다. 나무들이 저의 생각을 초록색으로 표현
하는 것처럼 저도 숲 속 작은 방에서 커다란 감물 들인 천에 꽃모시 잎사귀 모
양을 꿰매고 있어요.

들여다보고, 썰어 보고, 쓰고, 찍고, 한 사람의 제자 앞에서도 한 바탕 열강을 하고서야 걸음을 떼니 시속 5백 미터의 마실 산행이 되었다. 산길을 걸으면서 듣고, 느끼고, 다른 생각을 불러들이는 그 느림은, 마치 한 권의 책 속을 걸어 다니는 듯 몽환적이다.

거위벌레가 졸참나무 도토리 속에 아기를 넣어, 발 앞에 툭 떨어뜨린다. 업둥이를 잘 키워달라는 듯이. 수리산에는 산책하기 좋은 길이 많고 수종도 다양하다. 바다 가까운 데서만 자란다는 비목도 군락을 이루고 있고, 계곡에 물이 많아 작은 출렁다리도 있다. 난간을 잡고 저 자욱한 곳에 손을 뻗어 휘저어 본다. 꿀을 얻어 먹으려고 배초향에 수북이 내려앉은 암먹부전나비 떼가 팔랑거리며 편지지를 접는다.

참회나무의 동그란 열매가 터져, 주홍빛 새알 초콜릿 볼처럼 대롱대롱 매달렸다. 아기 애벌레의 침대 밑에 걸어둘 모빌이다. 갑자기 목이 쉬어라 제 짝을 부르는 풀벌레에게는 콧구멍(수암터널)을 드나드는 바퀴벌레(자동차)가 경쟁자다. 고로쇠를 드릴로 뚫어 나무의 생피를 뽑아먹는 인간이 가만히 있는 산을 보며 생각해낸 엽기적인 설치미술!

동화작가 권정생 선생님은 슬픈 눈으로 말씀하셨다. "산을 망가

166

뜨려가면서 빨리 갈 일이 뭐가 있습니까?" 애니메이션 〈원령공주〉를 본 사람들은 기억할 것이다. 산은 살아 있고, 분노할 줄 알며, 결국은 참지 않는다는 것을.

그는 이번에는 검은색 가죽가방을 든 향장업자처럼 가죽나무에게 다가간다. 잎 끝의 두 점을 문지르니 화장품 냄새가 난다. 그리고 보리수나무 잎 뒷면에 묻어 있는 은빛 아이섀도를 긁어 눈두덩에 바르고 내게도 발라준다. 인디언 남매처럼.

노련한 수사관인 그는 드디어 범인을 잡고야 만다. 새로 이사온 이웃으로 위장, 다른 나무에 뿌리를 내리고 기생하는 '새삼'이란 놈이다.

작은 폭포 옆에 호깨나무 거목이 있다. 잎을 씹으면 처음엔 쓰지만 그 다음부터는 어떤 걸 먹어도 달다. 물도 달고 귤도 달았다. 몇 장 따서 채집봉투에 넣고 장수옹달샘에서 쉬고 있으려니 호기심 천국 아줌마들이 몰려와 봉투 안을 뒤진다. 결국 호깨나무 잎두 장을 내고 찐 고구마와 누룽지 튀김 몇 부스러기를 얻었다. 거둔 것을 서로 나누는 아미쉬의 생활방식처럼.

산에서 내려와 '꼭대기집'에 갔다. 닭백숙을 앞에 놓고 그가 말

했다.

"나, 백수예요."

고등학교에 들어간 지 3개월 만에 학교를 나왔고 화훼단지에 들어가 일을 배우다가 군대에 갔는데 유격훈련 중에 단지 속초가 보고 싶다는 이유로 미시령을 넘었다가 탈영으로 간주되었단다. 영창에 가는 대신 중동 건설노동자로 3년 동안 일하다 돌아와서는 땅을 사서 농사를 짓다가 망했다.

지금은 정원사, 나무의사, 나무사진사, 나무작가, 오지여행가 등의 직함을 달고 온갖 멋진 일은 혼자서 다 하고 있는 그가 '백수'란다. 나는 그 멋진 백수가 곧 만들어낼 나무 지도가 몹시 궁금하다. 그 지도는 아마도 분명 나무를 살리고 보존하는 지도일 것이다. 그의 치열한 삶은 어딘지 모르게 나무를 닮았다. 오롯이 그가 만드는 나무 지도에 나도 수리산 한 켠에 서 있는 나무를 닮은 사람이 되고 싶다.

애기슬기봉 주막

계절의 여왕 5월의 어느 아침, 그날도 수리산에 올라 나뭇잎을 따 한지공책에 눌러놓고 으름덩굴 꽃향기를 맡으려 코를 킁킁대고 있었다. 그때 순박해 보이는 어떤 아저씨가 다가와 커다란 배낭을 내려놓더니 물었다.

"저 뭐 하는 분이신지, 혹시 수질검사 공무원 아니세요?"

나도 모르게 푹, 하고 웃음이 터져 나왔다.

"왜 그렇게 생각하셨어요?"

"제가 2년 전부터 봤거든요. 아침마다 장수옹달샘에서 물을 마시고 나서 꼭 뭔가를 쓰시더라고요. 합격, 불합격을 매기고 있다고 생각했죠."

합격인지 불합격인지 오늘은 꼭 물어보고 싶어서 말을 붙엿다는 남루한 차림의 그는 애기슬기봉에서 막걸리를 판다고 했다.

나는 늘 고개를 숙이고 다닌다. 산에서 만나는 사람마다 일일이 인사를 하고 지나다 보면 귀찮은 일이 종종 벌어지곤 하기 때문이다. 이상한 사람들도 참 많다. 읽고 있는 책을 뺏어 보지를 않나, 도토리를 주워주는 대신 개울에 발 담그고 얘기나 하자고 하질 않나, 심지어 잃어버린 자동차 열쇠를 왜 같이 찾으려 하지 않느냐며 제 마누라 대하듯 핀잔을 주는 사람도 있었다.

그 뒤로 삼림욕장 잣 숲에서 바느질을 하거나 책을 보는 시간이면 막걸리 아저씨가 올라와 쉬어가곤 했는데, 텔레비전이나 신문을 자주 보지 않는 내게 그 아저씨가 들려주는 사람들 이야기는 늘 흥미로웠다. 그는 겨울에도 네댓 겹의 내의를 입은 채, "한 사람이라도 기다릴까봐" 한결같이 산에 오른다고 했다. 어떤 날은 늦었다며 뒤도 돌아보지 않고 올라갔다.

오늘은 그가 늘 자랑하던 속이 쩡한 막걸리 맛도 보고 싶었고, 새에게 잣을 주는 모습도 보고 싶어 한번 들러야겠다는 생각이 들었다. 옹달샘에서 길이 두 갈래로 갈라지는데 애기슬기봉 오르는 길은 지그재그 산길이다. 등산객의 발자국으로 다져진 좁다란 길은 미운 사람을 용서하자고 마음 먹는 길이고, 묵은 화해를 결심하는 길이고, '어찌 살아야 하나'가 '다시 살아 보자'로 바뀌는 길이다. 너무 힘이 들어 돌아갈까 하다가도 '이것도 못하면 나는 아무것도 못해' 하며 전의를 다지는 길이며, 성지를 향해 한 걸음 한 걸음 옮기는 오체투지의 길이다. 수없이 자기를 낮추지 않고서는 한 걸음도 뗄 수 없다.

간단히 꾸린 내 배낭엔 찐 고구마와 사과, 물통, 책(읽지도 않을), 지갑(돈 쓸 일도 없으면서), 수첩(다음 주 일정은 알고 싶지도 않은데), 전화기(거의 통신 불가), 수건(씻은 얼굴을 바람이 말려주는데), 뜨거운 커피를 담아온 보온병(쉼터에서 혼자 홀짝이기도 뭣한데) 등 별 소용 없는 것들로 채워져 있지만, 아저씨의 배낭 안에는 막걸리 반말들이 두 통, 얼음, 플라스틱 그릇 50개, 새에게 줄 물을 담은 페트병, 깨끗이 씻어 봉지에 담은 생채식 안주들과 도시락이 들어 있다고 했다.

이른 산행 후 아저씨를 기다리던 등산객들이 "장사하는 사람이 손님을 기다리게 해서야…." 하며 푸념을 늘어놓을 때도 있는데, 그럴 때면 손님이 손에 달랑 들고 있는 물병을 보며 속으로 '당신도 75킬로그램짜리 배낭 한번 지고 올라와봐' 하는 생각이

든단다.

아, 절이로구나.

애기슬기봉 주막을 처음 봤을 때 나온 탄성이다. 신갈나무 텃세를 피해 위로 위로 오른 힘 없고 의지할 데 없는 여린 소나무들이 빙 둘러선 자그마한 마당 한 켠 편편한 바위 위에 신문지를 깔고 차린 제단이 있다. 제단 위에는 가지런히 썰어온 오이, 양파, 당근, 마늘장아찌, 기다란 부추, 건빵, 땅콩, 멸치, 된장이 놓여 있다.

이 절 주지인 아저씨는 쪼그려 앉아 손님에게 술 따르는 일에 여념이 없고, 무수히 절을 하듯 허리 굽히며 산을 오른 목마른 사람들은 한 잔의 주신(酒神) 앞에 머리를 조아린다. 술을 마셔보니 과연 달다. 칠갑산 좁쌀 막걸리란다. 사람들이 안주 먹는 법을 가르쳐준다. 부추에 멸치 두 마리 얹고 땅콩 한 알 올려 돌돌 말아 된장에 찍어 먹으면 환상적인 맛을 볼 수 있다고 했다. 여기서는 이걸 '삼합' 이라 부른다.

늘 거기에 머무는 듯한, 자칭 수리산 산신령이라는 노인은 땅콩을 손끝에 쥐고 팔을 벌려 새를 부른다. 가까운 나뭇가지로 옮겨 앉아 살그머니 지켜보던 직박구리에게 어미 새가 날아와 귓가에다 뭐라 지저귀고 나서 솟구친다. 아마 '이건 먹어도 돼' 라고 말한 것이겠지. 직박구리는 곧장 날아와 땅콩을 채간다.

부모와 같이 온 꼬마도 해보고 싶어 한다. 너무나 잽싸게 채가는 바람에 아이는 다시, 다시, 하며 애를 태운다.

"왜 안 와?"

팔을 벌리고 있기가 힘든지 아이가 칭얼대니 아이의 아빠가 말한다.

"네가 말을 잘 들으면 올 거야. 이제부터 아빠 말 잘 듣는다고 약속해, 얼른."

그러자 아이가 갖고 있던 땅콩을 날름 먹어버린다. 어른으로 산다는 건 승산 없는 짓인가 보다.

3년 전, 이 자리에서 장사를 시작했을 때는 2주 만에 겨우 술 한 잔을 팔았을 정도로 거의 사람이 다니지 않았다고 한다. 처음 6개월 동안은 새 모이나 주며 버티면서 주변을 정갈하게 다듬어나갔다. 꽃씨를 뿌리면 새가 쪼아 먹어 해바라기 울타리의 꿈은 날아갔지만, 소나무가 쓰러져 긴 의자가 되어 주고, 비가 많이 내린 날 바위가 굴러와 평평한 쪽으로 멈춰선 것이 신기하다고 했다. 그 아래 물봉선 꽃대가 올라왔는데 납작한 돌을 둘러 울을 쳐준 마음씨 착한 아저씨.

움푹 팬 돌 웅덩이에 옹달샘 물을 길어 부어놓으면 딱따구리, 딱새, 직박구리들이 와서 물을 먹거나 목욕을 한다. 무엇보다도 "이렇게 많은 사람들이 오는 게 기적"이라며 행복해 하는데, 저쪽, 나무에 묶여 있는 현수막이 보란 듯이 펄럭인다.

'삼림 내 노점상 금지'

시에서 갑자기 단속을 나오면 아저씨는 일부러 야간 산행을 하는데, 뾰족 바위에 엎어지고 깨지고 구르고 나면 오히려 속이 시원하다고 했다. 이젠 수리산을 떠나선 살 수 없단다.

저녁 6시, 하늘 지붕엔 흐린 구름이 몰려 오고 서해 바다 쪽으로 노을이 진다. 늦게야 올라온 사람들이 남은 술통을 비우고 나면 다시 주변은 처음처럼 정갈해진다.

신문지와 빈 술통만 바위 틈에 숨겨놓고 아저씨는 하나도 빠짐없이 도로 싸간다. 보자기 주막을 나서니 칠흑 같은 어둠이 산속에 밀려든다. 앞장선 아저씨가 내게 지팡이를 준다. 지팡이로 보이지 않는 땅을 더듬더듬 디디니 꼭 유령거미 같다. 어두운 동굴에서 밝은 빛의 세계로 진화했으나 여전히 장님처럼 지팡이를 떨며 가는 유령거미.

우야꼬 우야꼬, 산새 울음이 구슬프다. 봉우리 절을 내려가 일주문에서 설핏 잠들었다가 가스등 정겨운 수리산 마지막 매점에서 국수로 취기를 달랜다. 나의 절에 호롱불 밝히러 어서 들어가야겠다.

바람이 또 나를 데려 가리

살고 있는 안양 밖을 한번 나갈 때면 언제나 허둥지둥한다. 어제 민이 전화했다. 내 의사도 미리 묻지 않은 채 영화표를 두 장 예매했는데 나올 수 있냐고. 안테나를 세우고 꼭 볼 전시회, 영화, 공연들을 챙기며 살았는데 점점 열정이 식어가나 보다.

그 대신 숨 고르고 생각하러 책과 바느질감을 들고 숲으로 들어가곤 했다. 그곳에도 길은 열려 있었다. 마음을 모으면 바늘구멍만 한 창이 뚫리고 구불구불 실오라기 같은 길이 펼쳐졌다. 꿈같이 가물가물한 그 길을 따라가면 어릴 적 나도 만나고, 더 이상 볼 수 없는 얼굴도 보고, 그리운 사람들과도 조우할 수 있었다.

토요일 오후, 약속시간을 지키기 위해 버스와 전철과 택시를 갈

아타고, 이리 뛰고 저리 뛰어 겨우 제시간에 닿았다. 와서 보니 서울환경영화제 상영작인 〈키아로스타미의 길〉과 〈마스터 클래스〉가 30분 후에 시작한다고 했다. 예상치 못한 커다란 선물 꾸러미가 배달된 기분이었다. 영화관으로 올라가 넓은 의자에 앉아 기다리는데 가슴이 설렌다.

길과 나무와 눈을 찍은 흑백의 스틸사진에 음악과 시를 붙여 천천히 따라 걷게 하는 잠언서 같은 영화다. 32분 동안 단 1초도 눈과 귀를 떼지 못했다. 다시 첫 장면으로 다시 돌아가고 싶을 정도로 자리에서 일어나기 아쉬웠는데, 영화 속에서 막 걸어 나온 듯 검은 웃옷을 입은 압바스 키아로스타미 감독이 나와 의자에 앉았다. 지그재그 3부작인 〈내 친구의 집은 어디인가〉 〈올리브나무 사이로〉 〈그리고 삶은 계속 된다〉와 〈체리 향기〉 〈바람이 우리를 데려다 주리라〉를 졸지 않고 봤던, 내가 좋아하는 감독이다.

"주제가 왜 자연인가"라는 객석의 물음에 "내가 자연을 선택했다기보다 자연이 나를 선택하는 것 같다"고 대답한다. 또 "동양문학과 하이쿠를 좋아하고 일본 피리와 호른, 이란의 식물로 만든 여섯 구멍 피리가 가장 자연의 소리를 잘 표현하는 것 같아서 작품에 썼다"고 한다.

30년 전 15달러짜리 사진기를 구해 10년 정도 작업했고, 지금은 라이카 사진기로 찍는데, 그때는 젊었고 지금은 늙었으니 그 효과는 비슷한 것 같단다. 그리고 "옆에 누가 있으면 봐야 할 것을 못 볼 때가 있고, 순간 포착하기가 어려워서 늘 혼자 다닌다. 혼자일 때 기쁨과 해방감을 느낀다. 그러나 돌아올 때는 누가 옆에 있었으면 좋겠다"며 현자처럼 분명하면서도 겸손하고 재치 있게 답해 큰 울림을 주었다.

시간이 끝났는데도 프랑스에서 사진공부를 한 민이는 물어보고 싶은 말이 있었다면서 떠나지 못했다. 나는 그를 데리고 밖으로 나왔다. 이제 우리의 길을 가야 할 시간이므로. 영화제 장터에서 종이볼펜과 수첩, 사과 두 알을 샀다. 가을의 단 즙을 삼키며 삼청동까지 걸어갈 요량이었다. 삼청동은 민이 태어난 곳이자, 나도 한때 살았던 동네다.

조근조근 이야기 나누며 걷다 벼룩시장을 구경하고 작고 예쁜 가게에 들러 두툼한 스프링 공책을 샀다. 눈 온 날처럼 하얗게 빈 공책을 보면 심장이 뛴다. 새로운 내가 아지랑이처럼 춤추는 모습이 보인다. 우리가 가는 길엔 독특한 물건이 많았다. 가게마다 카페마다 '어때, 들어와 보고 싶지?' 하는 것 같았다. 기웃기웃 걸은 길의 끝에서 토장만두전골을 보글보글 끓여 먹었다.

이제 돌아가야 한다. 낯선 바다로 흘러온 물고기처럼 눈을 부릅뜨고 왔던 길을 더듬어가야 하는 것이다. 왜지? 유랑의 유혹을 느낄 때마다 묻는다. 돌아가야 하는 이유를. 터무니없지만 아직은 누군가로부터 사랑받고 있기 때문이라고. 당신의 상실감을 보는 것이 내가 상실감을 견디는 것보다 힘들기 때문이라고. 깊은 밤 내내 영화 속의 길들이 사무치게 그리웠다.

천연 염색 어린이 영어캠프

숲 속에서, 바다에서, 자연의 빛을 찾아 염색하는 일을 하면서 어른들은 물론이고 아이들도 천연 염색을 통해 자연을 새롭게 발견하고, 한걸음 더 나아가 우리 전통에 대해 배울 수 있으면 얼마나 좋을까 하는 생각을 한 적이 있다. 그래서 유니세프 한국위원회에서 천연 염색을 소재로 어린이 영어 캠프를 열면 어떻겠느냐고 제안해왔을 때 나는 너무 반가워 적극적으로 도와드리겠다고 약속했다.

행사는 경기도 가평 남이섬의 유니세프 홀에서 열렸다. 소목과 치자 염료를 만들어 양손에 들고 남이섬으로 들어간다. 미리 염색해놓은 몇 가지 천들을 자르고 코르크판, 끈, 풀, 본드, 먹지 등을 준비하다 보니 무인도로 들어가는 사람처럼 짐이 한 보따리다. 아이들과 함께 천연 염색을 하고 우리 문양 작품을 만드는데, 의사소통은 모두 영어로 진행되었다. 내가 강의를 하면 수잔 선생님이 영어로 아이들과 대화를 나누었다.

무슨 색을 좋아하니? 좋아하는 무늬가 있니? 아이들의 관심을 끄는 질문으로 시작해 오방색이 무엇인지, 태극문양은 무엇을 상징하는지 알려주고 염색 과정을 영어로 표현해보기도 했다. 그런 다음에 실습에 들어가 갖가지 천을 물들이고 헹구어 짜서 넌 다음 남이섬을 한차례 돌았다. 자연관찰을 하면서 작품 주변을 장식할 나뭇가지와 열매들을 줍는 시간이다. 나무 밑에 쪼그리고 앉아 떨어진 가지를 만지작거리고 주운 열매를 들고 와서는 이름을 묻기도 한다. 아마 나무와 이렇게 천천히 만나 대화한 적이 아이들에게는 별로 없을 것이다.

장작을 때는 난롯가에서 수업을 할 만큼 날이 찼지만 아이들은 고사리 같은 손을 호호 불어가며 열심히 저마다 작품에 몰입했다. 태극과 팔괘, 까치와 호랑이, 달과 매화, 용 얼굴 기와 등 옛 민화나 꽃담 그림들을 자세히 보고 예쁜 색 천을 오려 우리나라의 전통문양을 표현해본다. 아이들에겐 모두 새로운 경험, 진지한 체험으로 기억될 것이다.

　우리 것은 무슨 고궁이나 특별한 곳에 가서야 만날 수 있는 것으로 알던 아이들이 이 모든 체험을 놀이처럼 즐기는 모습에 나도 덩달아 신이 나고 기분이 좋았다. 한 가지 더 욕심을 내자면 이번 행사처럼 형편이 어려운 아이들도 쉽게 참여할 수 있는 열린 체험학습장이 마련되면 얼마나 좋을까. 그래서 아이들과 어른들이 함께 자연 속에서, 자연의 빛과 모양을 찾아 산책하며 꿈을 만들어 갔으면 좋겠다. 아이들에게 필요한 것은 별자리의 이름을 알려주는 것보다 별을 보러 함께 밤에 산책하러 나가는 어른들의 마음이니까.

　코르크판 테두리를 나뭇가지나 나뭇잎, 열매 등으로 장식하여 훌륭한 자연예술작품으로 완성한 꼬마예술가들! 빡빡한 일정이었지만 자신들의 작품을 소중히 안고 섬을 떠나는 아이들의 표정이 유난히 맑다.

옷에 대한 몽상

    가벼운 산행에는 간단히 둘러 입는 긴치마와 샌들도 좋지만, 요즘 같이 날마다 비가 오는 날이면 새삼 감탄하는 옷이 있다. 식물의 외피처럼 왁스를 칠한 듯, 물방울이 굴러 떨어지고 바람이 통하는 고어텍스 등산복이다. 모자 달린 얇은 점퍼에 기능성 팬츠, 여기에 발이 번쩍번쩍 들릴 정도로 가벼운 등산화까지 갖추려면 비용이 꽤 든다. 말 그대로 식구(食口)들에게 겨우 생존할 수 있을 만큼 먹을거리를 제공하고 아껴 모아 마련한 것이기에 더욱 떨리는(들통날까봐) 옷이다.

    비 오는 날 우산도 없이 물병 하나 달랑 들고 산을 오르노라면, 몸에 떨어지는 물방울의 감촉은 마치 거문고 연주를 듣는 느낌이

랄까. 게다가 춤이라도 출 듯 네 다리는 자유롭다. 양촌리 점방 앞에서 일용엄니 만난 듯, 어슬렁어슬렁 기어 나온 산짐승들과 동네 소문을 귓속말로 속삭이고, 아주 작은 꽃 앞에 꿇어앉아 "네가 입은 옷, 그거 얼마나 비싼 건 줄 아니?" 하고 위풍당당하게 살기를 독려하기도 한다. 잣나무 숲 아래 흔들 침상에 누워 하늘만큼 커다란 비안개 책장을 넘기는 아침, 가히 신선놀음이다.

지난 석 달 동안 거의 은둔생활을 하면서 장롱 속에 꽉 찬 옷들을 잊고 지냈다. 외사랑이 깨지면서 가장 먼저 든 생각은, 더 이상 내 옷들을 봐줄 사람이 없다는 상실감이었다. 상처 입은 짐승처럼 침울해져서 갓길에 나뒹구는 옷을 주워 꿰는 것으로 여름을 났던 것이다.

9월 들어 산에서 본 참회나무 열매의 주홍빛, 청가시 덩굴 열매의 검은 초록빛, 노린재나무 열매의 하늘색 즙, 비목 열매의 투명한 빨강…. 그 모든 빛깔의 즙이 조금씩 묻어 있는 낙엽들을 보니 내 마음도 울긋불긋 다시 물들이고 싶어진다.

오랜만에 옷장 문을 열고 쭉 둘러보니 나름대로 입을 때를 정해놓은 현대미술관 옷, 경복궁 옷, 삼청동 옷, 호암미술관 옷, 서해 바다 낙조용 옷, 동대문시장 나들이용 옷들이 입을 삐죽거리며 아우성이다. '그래, 하나하나 거풍시켜주도록 하지' 하고 달력에 꼼꼼히 외출할 날을 적어보는 것이다.

세상에 하나밖에 없는 내 옷은 직접 재단하여 만들거나, 단순한 디자인의 옷을 사서 찢고, 꿰매고, 매달고, 덧대고, 그래도 성이 차지 않으면 다시 물들여서 만들어진다. 인도 체크 천으로 만든 랩 스커트(일본 앤틱숍에서 납품을 의뢰받았다), 김원숙의 '볼로냐의 나무'를 아플리케한 셔츠, 먹으로 염색한 광목 전통 치마, 사촌 아주버님이 대학 시절 입었던 청재킷을 리폼한 옷, 계급장을 꽃으로 바꾼 군복, 고분벽화의 세 발 까마귀를 모라 기법으로 바느질한 두건, 수를 놓은 펠트 모자들은 지금 보아도 멋진 작품이다.

잠잘 때 영화 〈풀몬티〉의 주인공처럼 옷을 벗어던졌던 경원이와 함께 1930년대 모더니스트의 옷을 구해 입고 다니다 남편을 만났다. 남편은 그때 나를 혹시 사이코가 아닌가 생각했단다. 스물세 살 때 만나 한때 동거했던, 찢어지게 가난하여 계절에 상관없이 옷을 입고 다녔던 야생 처녀 경원이와 입었던 옷도 그대로 있다.

그림책 연구회 시절 이태원 나이트클럽에 댄서 옷을 입고 나타

난 숙희(시할머니의 병시중을 한 착한 손자 며느리였다), 더 보여줄 옷이 없자 한복을 입고 나온 옥인이는 내가 만난 진짜 멋쟁이들이 었다.

그리고 내가 정말 좋아하는 옷과 사람들이 있다. 풀줄기로 짠 옷에서 싹을 틔운 이신우의 실험정신, 엄마 품에 안긴 듯 포근한 배냇저고리로 거즈 옷을 만드는 홍미화, 어디서나 당당한 홍신자의 고쟁이, 에밀리 디킨슨처럼 빛이 들지 않는 곳에서 빛을 빚는 양초 예술가 김정희의 '내 마음의 옷', 맥퀸 같은 열정적인 패션 아티스트들과 영감을 주고받아 탄생한 뷔욕의 공연복, 고티에의 의상들, 살아 있는 육체의 즐거움과 괴로움을 솔직하게 드러내는 〈섹스 앤 더 시티〉에서 캐리가 입고 나오는 옷들, 영화 〈아메리칸 퀼트〉에서 위노나 라이더가 입었던 '좌절된 사랑과 분노를 담은 아플리케 퀼트'의 옷들…. 이렇듯 옷에 대한 몽상은 사탕처럼 달콤하고 끝없는 추억을 불러일으킨다.

그리고 당신의 편안한 옷, 주렴처럼 매달린 단추들에 내 마음 많이 기울었다고 나는 말하지 못했다. 보내지 못한 편지와 단추들은 살아온 날들의 눈물방울처럼 내 앞길에 또박또박 떨어지리라.

우리 가족

　일요일 아침 10시쯤 거실에 나가 보면 대한민국 45세 남자 중 가장 편안한 얼굴로 남편이 자고 있다. 자식들 공부 방해된다고 텔레비전에 헤드폰을 꽂고 본 모양인데 머리에 헤드폰을 쓴 채 잠이 들었다. 텔레비전은 켜져 있고 리모컨은 뻗은 왼손 아래 정확히 떨어져 있다. 아침에 밭에 들렀다 온 듯, 방울토마토, 오이, 고추, 깻잎, 가지가 들어 있는 봉지가 싱크대 위에 놓여 있다.

　78학번 대학 동기들이 한국을 이끌어갈 각계의 지도자라고 연일 신문과 텔레비전에 등장하는 마당에 주말농장 2년 차, 처음 해 본 오이 재배에 대성공을 거둔 남편은 연일 싱글벙글한다. 고추도 얼마나 굵은지 두 손으로 받쳐 들고 찍은 사진은 농민신문에 날

만하다. 올해의 고추왕! 비결은 니코틴 스프레이로 진딧물을 초기에 진압했기 때문이라며 혼자 자문자답 인터뷰를 하고 있다.

주말농장에서 큰 기쁨을 느끼는데다 토요일에는 동네 친구들과 늦도록 어울리니, 하고 싶은 걸 다 하고 사는 남편은 요즘 행복해 보인다.

나 역시 토요일에는 여행을 떠나는 기분이다. 영화, 전시회, 고물상, 벼룩시장 중 하나를 골라 구경을 가고, 오는 길에 도서관에 들러 일주일 동안 읽을 마음의 양식 세 권을 고른다. 작업방에 들러 바느질, 염색, 책읽기를 번갈아 하다가 일기를 쓰기도 하고, 맥주를 마시기도 한다.

엄마 아빠가 하고 싶은 것 마음껏 하고 사는 동안 큰 아이는 어느새 대학생이 되었고, 작은 아이는 고등학생이 되었다. 두 아이는 사이가 좋다. 부녀처럼, 동생은 오빠를 따르고 오빠는 동생을 챙긴다. 오빠는 아르바이트를 해서 동생에게 디지털 카메라도 사주고 공부도 돌봐준다.

큰 아이는 중학교 때부터 나를 접수(?)했다. 나는 어수룩하여 누군가에게 접수당할 줄 알았지만 그 상대가 남편이 아닌 아들이라는 것은 실로 충격이었다. 어버이날에 충고로 가득 찬 편지를 받은 엄마는 나밖에 없을 것이다. 나는 분하면서도 기뻤다. 그만큼 엄마를 친구처럼 대하는 것이기도 하니까. 나는 아이와 대등한 관계로, 혹은 아이보다 열등한 위치로 이날까지 그럭저럭 잘 지내고 있는데 남편은 이따금 화가 나는 모양이다. "너의 엄마이기 전에 내 여자친구에게 함부로 하는 것은 나에 대한 도전이냐" 하고 따진다.

우연히 아들의 홈페이지를 보고 놀랐다. 아홉 개의 방으로 들어가는 문을 아이콘으로 디자인해놓았다. 노래 가사를 외우다가 문득 떠올라서 네임 펜으로 쓱쓱 그려 스캔을 받아서 만들었단다. 디자인은 머리가 아니라 손으로 하는 것이란 걸 아이에게 배운다.

아들의 홈페이지 안에는 20년의 생이 반짝거린다. 일기, 음반, 책, 사진, 친구들, 노력들, 잡동사니…. 추천음반에 유제하도 있다. 내가 아들 다섯 살 때 하루 종일 틀었다고 씌어 있다. 기억이 난다.

부모가 철들기를 기다리다 자기도 모르는 사이 정신적으로 성장한 아름다운 아들. 이억배 그림책 《모기와 황소》 원화전을 보러 초방에 갔을 때, 어떤 아이 엄마가 내 그림책을 사 가지고 와서 몇 자 적어달라고 했다. 그때 옆에 있던 어린 아들이 치맛자락을 붙들고 서 있어서 아이와 난 서로 물끄러미 바라보았다. 나는 흐린 눈으로 이렇게 썼다. '아직 어린 소년에게.'

식물은 제 씨앗을 모자처럼 머리에 쓰고 있다가 어느 순간 멀리 던져버린다. 씨앗은 이제 훨훨 날아가 자신의 땅에 떨어져 자기만의 무언가를 피우겠지.

천사를 닮은 언니

이 세상에서 제일 예쁘고 마음 착한 사람을 꼽으라면 난 서슴없이 큰언니에게 엄지 자리를 내주겠다. 언니의 함박꽃 미소는 누구든 그녀를 사랑하지 않을 수 없게 하는 마력을 지녔다. 지금은 일본의 작은 섬에서 카페를 하고 있는데, 언니 집 앞에 감자며 옥수수, 신선초 같은 농작물을 두고 가는 사람들이 많은 걸 보니 섬사람들, 언니에게 푹 빠져 있는 게 분명하다. 하지만 내가 아는 언니는 평생 불운했고, 가차 없이 불우했고, 억울하게도 불행했다. 그런데 어떻게 그런 미소가 피어날 수 있는지 불가사의하다. 언니는 천사임에 분명하다.

꽃미남이었던 아버지가 꽃미녀 엄마를 유혹할 때, 술에 잔뜩 취해 있었던 삼신할미가 하늘에서 가장 예쁜 아기 천사를 그만 잘못 클릭했다고 밖에 이해할 길이 없다. 어느 왕궁의 행복에 겨운 혼 사인줄 알았을까. 언니는 엉뚱한 데에 태어나고 말았다. 아버지는 평생 한량이었다. 일찌감치 가정을 외면했고 몽상가로서 홀로 행 복했으며, 바람 구두를 벗어본 적이 없다. 엄마의 된장찌개를 먹으러 들어와 아기 하나 만들고 다시 나가곤 했다.

할머니가 언니를 키웠다. 할머니는 언니를 한국 춤을 대표하는 김백봉 선생에게 데려가 무용을 가르쳤다. 언니는 꽃같이 예뻐 누구나 탐을 냈고 선생은 수양딸로 삼고 싶어 했단다. 언니는 동네에서 늘 춤을 추며 다녔다. 사람들의 혼을 빼놓아, 어느 집에선가 공연을 하다가 잠이 들어 업혀 들어오기 일쑤였다. 할머니는 그런 언니에게 늘 가장 예쁜 옷을 만들어 입혔다. 할머니는 뜨개질의 대가였다. 아마도 언니 인생에서 가장 행복한 시절이었으리라.

할머니가 돌아가시고 언니는 스무 살도 못 되어 식모가 되었다. 엄마가 언니만 믿고 식당을 차린 것이다. 언니는 얼마나 힘에 겨웠던지 어느 날 밤, 봇짐을 싸서 서울로 도망을 갔다. 엄마는 식당 문을 닫고 망연자실 울기만 했다. 아버지에게도 오빠에게도 기댈 수 없었던 엄마는 가녀린 언니의 어깨에 의탁하였던 것이다. 언니 아래 철딱서니 없는 동생 넷을 달고서….

세월이 흘러 열심히 일을 한 언니는 엄마에게 집을 사주었고, 동생들 뒷바라지는 물론 결혼까지 시켜주었다. 이제는 조카들이 제 아이와 다름없다며 한 명 한 명에게 각별한 애정을 쏟는 이모다.

늘 웃는 모습만 보았기에 우리 형제자매 누구도 그녀의 삶이 얼토당토않게 부당했으며, 짓눌러대는 삶의 무게에 너무 아팠을 거라고 깨닫지 못했다. 동생들 뒷바라지에 오히려 언니 자신은 결혼도 하지 못한 채 소녀 가장에서 노처녀로 늙어갔다. 사랑하는 사람과 헤어지기로 결심하고 몇날 며칠을 짐승처럼 울부짖을 때도 언니는 홀연히 털고 일어나 다시 돈을 벌어야 했다.

언니는 마흔이 넘어서 허전했던지 인형 하나를 사서 아기라며 데리고 다녔다. 눈을 깜빡일 수 있는 프랑스 인형이었다. 천진난만한 언니는 오직 인형의 옷을 만들어 입히기 위해 쓸 줄도 모르는 재봉틀도 샀고 장사를 하면서도 늘 안고 다녔다. 그걸 보니 눈물이 솟구쳤다. 내가 엄마가 되고 나서야 언니의 기막힌 삶이 비로소 보인 것일까. 언니의 삶이 억울한 것은, 그곳에 쇠파리처럼 엉겨 붙던 우리들의 삶이 한없이 비겁하고 비루해서이리라. 내가

언젠가 예쁜 조각보로 싸서 언니의 노년을 지켜주리라 다짐하고
또 다짐한다.

지난 4월, 사슬을 늘어뜨린 베레모를 쓰고, 초롱꽃 모양의 짧은
치마를 입고, 딸기가 수북이 얹힌 짚으로 짠 상자 모양의 가방에
빨간 구두를 신고 서울에 온 언니는 한 시간 넘게 공항에 붙잡혀
있었다. 직원들이 20대로 보이는 사람이 52년생 여권을 본인이라
고 우긴다며 입국을 허락하지 않았던 것이다.

생체조직이라도 떼어 검사할 것인가. 흙탕물 속에서도 웃음을
잃지 않고 살아 연꽃처럼 세월이 비껴갔다고, 원래는 하늘나라의
천사인데 잠시 지구에 불시착하여 체류 중이라고 말하면 믿을 텐
가. 나중에 웃으며 풀려나오는 언니를 보고, "올 때마다 왜 저래,
화를 내지 그랬어?" 하니까 "한편으론 기분 좋은데 왜 화를 내?"
한다.

내가 몇 해 전 일본에 갔을 때도 비슷한 일이 있었다. 직원에게
50세인 친언니가 마중 나와 있을 거라고 하니 한바퀴 돌고 와서는
그런 사람이 없단다. 내가 찾아보겠다고 해서 같이 로비에 나왔는
데, 언니 혼자 남아 환하게 웃으며 뛰어왔다. 직원은 귀신에 홀린

듯한 표정으로 "정말 친언니가 맞습니까?"를 연발하다가 물러갔다. 거즈를 대고 누덕누덕 기운 청바지에 운동화를 신고, 미니어처 시계를 매단 가방을 매고, 눌러쓴 모자 아래 생머리가 찰랑거리고 있었으니…. 우리는 배꼽을 잡고 웃으며 마지막 모노레일을 타러 달려갔다.

지구에 불시착한 지 50여 년, 20대의 외모와 모두를 사랑에 빠지게 하는 살인미소를 가진 언니가 아직도 혼자인 것은 영화에서처럼 천사는 결혼을 할 수 없기 때문일까? 언니에게 남은 지구에서의 삶이 날마다 화양연화(花樣年華)이기를!

딸에게

12년 동안 딱딱한 의자에 앉아 있느라 참으로 애썼다. 오늘은 대학 수학능력시험 보는 날, 어제 저녁 시험 볼 학교에 다녀온 너는 버스를 타기 위해 집을 나서는구나. 그런데 그 버스가 자주 오지 않아 결국 아빠가 데려다준다며 뒤따라 나갔지.

나는 부산에 있는 범어사에 가려고 배낭을 꾸렸다. 네 아빠가 돌아오는 걸 보고 집을 나서 광명 고속전철역으로 갔다. 창가 자리를 말하니 역방향 좌석밖에 없단다. 아마 차가 출발한 시간이 네가 시험지를 앞에 두고 먼 인생길을 막 출발한 시간과 같았던 듯하다.

다가오는 풍경을 뒤통수가 먼저 맞이하는 자리에 앉아 있으니,

풍경을 눈으로 색으로 보지 말고 가슴으로 느끼라는 말씀 한 구절이 떠오른다. 오늘은 입시 한파 얘기가 쏙 들어갈 정도로 포근한 날씨다. 부산역에 내리니 역 광장에는 바다를 지나온 파란 햇살에 비릿한 냄새가 밀려와 있다. 남쪽이라 행인의 옷차림은 여전히 가을에 멈춰 있다.

전철을 타고 범어사역에 내려 뜨끈한 손칼국수로 요기를 하고 남극 탐험대원 같은 옷을 두 꺼풀 벗어 배낭 안에 넣었다. 오늘은 버스도 택시도 타지 않고 걸어서 올라가려고 해. 절로 가는 길은 원래 걸어야 제 맛이란다.

기왓장을 이고 지고 올라 숨이 턱에 찰 지점에 절을 지은 내력에 대하여, 이 산 그 기슭이 아니면 아니 되었던 까닭에 대하여, 이 숲길의 나무들은 알고 있을 것이기에 마른 나뭇가지가 삐걱거리는 소리에도 귀 쫑긋 세우며 간다. 마음속에서 좀더 느리게 가자는 목소리가 들리는 듯해 천천히 걷는다. 산길에서는 시간이 새지 않고 차오르는 걸 느껴. 언제든 필요할 때 꺼내 쓰는 든든한 시간 통장이 되지.

금정산 산마루에 세 길 정도 높이의 돌이 있는데 그 위에 우물

197

이 있어. 황금빛 물이 항상 가득 차 있고 가뭄에도 마르지 않는대. 한 마리 금빛 물고기가 범천에서 오색구름을 타고 내려와 놀았다 해서 금샘의 '범어사' 라 이름 지었단다.

1천 2백 년 전에 360방이나 건립되었던 화엄사찰이다. 배흘림으로 빚은 돌기둥 위에 오리엔탈 이미지로 꾸민 의상 같은 기와지붕이 냉큼 올라가 있다. 청초하고 신비로운 여인처럼 자꾸 뒤돌아보게 하는 일주문이다. 천왕문, 불이문, 보제루, 중정, 대웅전이 일필휘지 붓 선 위에 놓여 있다. 돌계단과 넙적돌의 길을 걸어 오르며 어떤 안온한 옷 주름 안으로 접혀 들어가는 듯하였다.

성스러운 공간에서 차 봉지를 풀다가 시계를 보니 너는 국가가 내민 수많은 질문을 앞에 두고 쩔쩔 매다가 잠시 한숨 돌리며 도시락을 까먹고 있겠구나. 보온 도시락은 무거워서 싫다는 너에게 납작보리 콩밥에 쇠고기 들기름 구이와 두부조림을 싸줬지. 낯선 사람들 앞에서 과연 먹기에 괜찮은지 모르겠다. 꼭꼭 씹지 않으면 나중에 졸리게 돼. 긴장이 될수록 물조차 잘게 부수어 먹어야 하는 게야.

울울창창한 대숲은 이제 하늘을 보라는 화살표 같다. 거짓말처럼 파란 하늘에 방점 찍힌 주홍의 감들이 이 절 살림의 풍요로움을 말해준다. 떫은 감은 캄캄한 항아리 속에서 와신상담의 시간을 견딘 후 향긋하고 투명한 감 장아찌로 새로이 태어난단다. 고독하고 아픈 시간과 맞서기를 두려워 말아라. 저 문밖 대기실 의자에는 '달콤한 시간'이라는 키다리 아저씨가 너를 기다리며 앉아 있으니.

동백나무의 토끼눈 분홍꽃은 단청의 석간주 바랜 빛을 닮았다. 토끼눈 분홍빛은 몽상가인 엄마가 지은 이름이 아니라 팥분홍보다는 맑고 꽃분홍보다 연한 바로 그 색이야. '촌핑크'라는 재미있는 색 표현처럼 동대문 포목시장에서는 다 통하는 빛깔 이름이란다.

대웅전과 관음전은 추운 바닥에서 염주를 굴리며 관세음보살을 외치는 수험생 부모로 몇 겹이나 포위되어 있었다. 귓전을 울리는 간절한 기도 소리를 지나 한 지붕 세 가족이 사는 팔상, 독성, 나한전 앞으로 갔다. 한 채에 세 법당을 이어 붙인 독특한 구조인데 정면 한가운데 한 칸 독성전은 달궁의 문처럼 아치형이다. 두 뼘 반의 쪽마루 안에 솟을 매화 꽃살문을 또 달았다. 안에 계신 분은 나반존자인데 남인도 천축산에서 해가 뜨고 지는 것, 잎이 피고 지는 것, 봄에 꽃이 피는 것, 가을에 열매가 맺는 것을 보고 깨달음을 얻은 분이래.

전생을 꿰뚫어 보고, 미래를 보고, 현세의 번뇌를 끊을 수 있는 영험을 지니셨다는데 성격이 매우 엄하고 무서워 목욕재개와 공양물을 제대로 갖추지 않으면 안 된다고 알려진 분이야. 어린아이와 같이 잘 삐치시나봐. 아무튼 홀로 우주법계의 이치를 깨달으신 분에게 네 얘기를 하게 되어서 다행이다. 부디 앞길 뒷길 잘 보살펴달라고 기도드렸다.

사실 먼 길 달려오게 한 분은 아치형 홍예목과 기둥 사이 좁은 틈새에 외발로 서 계신, 주름진 옷 선까지 세심히 표현된 나무동자님이다. 17센티미터의 성자, 처음 이분을 뵈었을 때 얼마나 통쾌하였는지…. 그래, 바로 저거야. 성스러운 장치로 가득한 종교적 공간에 이런 위트와 유머를 슬쩍 집어넣을 수 있는 마음의 여유. 멋지지 않니?

비좁은 틈새에서 두 손으론 모란꽃 하늘밭을 떠받쳐들고 한 발은 아치형 기둥에 척 걸친 채 1백 년 동안 찡긋 웃으며 서 계신다. 사는 게 아무리 힘들어도 징징대지 말고 홀로 잘 참으며, 어쩔 수 없을 때는 즐기라고. 우리 민족 특유의 해학, 여유, 낙천성이 작은 체구에 고스란히 압축되어 있어.

나는 단박에 우리의 수호천사, 심벌마크로 임명했단다. 만일 우리 문화를 소개하는 책을 만든다면 이 동자승을 걸어 나오게 해 곳곳을 안내하는 캐릭터로 삼겠다. 바느질장이 엄마는 이런 감흥을 어떻게 구현할까 전전긍긍하다가 26센티미터 8각의 목판 안에 백모시, 생모시로 기둥을 나누어 면 구성을 한 후, 붉은 저고리에 초록 바지를 입은 2.5센티미터 동자승을 몇 겹 천을 파고들어가며 공그르기하였다.

그리하여 탄생된 '다리 든 동자', 아마 이 작품은 끝까지 우리와 함께할 것이야. 나와 너, 우리를 지켜주는 수호신으로, 엄마는 고통스런 바느질을 통해 우리 곁으로 모셔왔단다. 풀지 못하는 문제가 많아 시험 점수를 잘 받지 못한들 어떠랴. 엄마의 소망은 처음 너를 안았을 때부터 지금까지 또 앞으로도 딱 세 가지 뿐이란다.

건강할 것, 기쁠 것. 오래 살 것.

이 소망은 옛 어머니들이 단 하루, 돌날 입힐 옷에 수많은 밤을 지새워 바느질해 넣었던 상징문양과 글씨들과 일치하지. 壽(수)와 福(복)뿐만 아니라 囍(희)를 즐겨 수놓은 뜻을 알겠니? 어미의 정성으로 지나가던 수와 복과 희를 내 아기 옷자락에 꽁꽁 붙잡아두고 싶은 간절함이었단다. 기쁠 '희' 자가 두 자 나란히 있는 걸 보렴. '희' 야말로 '피' 란다. 온몸을 돌고 돌아 마음 행복하게 하는 따스한 피, 적혈구 백혈구는 저절로 만들어지지만, 기쁨이라는 녹혈구는 저절로 만들어지지 않으니 네 스스로 애써 만들어야 한단다.

이제 떠나는 길은 사방팔방 어디로든 열려 있고 마음에 드는 길이 없으면 새로 내어 갈 수도 있다. 엄마는 네가 건강하여 밝아지고 언제나 유쾌하기를 바란다. 느긋하고 여유를 잃지 마라. 엄마는 느긋함과 여유를 길에서 만난 숱한 신들과 책에서 본 현자들과 숲에서 만난 요정들에게서 받았지만 너는 너 스스로 찾으렴.

갑자기 비 쏟아지는 날 우산을 받치고 학교 앞으로 간 적이 없는데도 비를 맞지 않고 귀가한 너. 도서대여점에서 우산을 빌려 쓰고 왔다는 너니까 엄마는 믿는 구석이 있다. 잠 많은 아빠와 지당한 말씀 싫어하는 엄마를 닮은 네가 지금까지의 고난에 찬 길에서 빠져나와 이제부터 너만의 길을 가려면 아빠의 영민함과 엄마의 낙천가 기질을 노자로 챙기려무나.

시험이 끝나고 네가 축 쳐진 어깨로 집에 왔을 즈음에 엄마는 자갈치시장 51호에서 낙지 접시를 놓고 앉아 있었다. 전화선 저쪽에서 "오늘 대추차 다 마셨어요" 하는 목소리가 들려 왔지. 가져가지 않으려 했던 따끈한 대추차를 다 마셨다니, 상대방을 기쁘게 해줄 말을 고를 줄 아는구나. 사람의 마음과 마음이 통하게 문을 열어두는 일과 하루 중 좋았던 일을 생각해내는 것은 좋은 습관이며 미덕이다.

자, 이제 너의 길을 갈 마음자세가 된 듯하니 이제 우물 밖으로 솟구쳐 올라 저 드넓은 바다를 향해 힘차게 헤엄쳐 가려무나. 옷주름 출렁이며 너의 길을 안내해줄 동자승을 따라 무한한 가능성의 바다로 가서 파도로도 닳지 않는 진주로 살아라. 그런 너의 뒤에는 언제나 엄마가 있겠다.